MODERN HUMANITIES RESEARCH ASSOCIATION

CRITICAL TEXTS

VOLUME 27

Editor
MALCOLM COOK
(*French*)

AZA OU LE NÈGRE

AZA OU LE NÈGRE

Édition présentée par
Loïc Thommeret

MODERN HUMANITIES RESEARCH ASSOCIATION

2011

Published by

The Modern Humanities Research Association,
1 Carlton House Terrace
London SW1Y 5AF

First published 2011

ISBN 978 1 907322 15 0

ISSN 1746–1642

Copies may be ordered from www.criticaltexts.mhra.org.uk

Table des matières

Introduction

La Révolution française a insufflé au monde politique et littéraire un élan de liberté qui s'est traduit par une recrudescence des écrits traduisant les changements en cours. Que le grand public y ait eu largement accès est, en revanche, rien moins que certain car, comme l'a relevé Mercier dans son *Nouveau Paris* : « Il n'y a pas la centième partie du peuple qui lise. »[1] Il était plus courant, alors, de s'informer en assistant aux débats d'un club, voire de ceux de l'Assemblée nationale, en se faisant lire un article du *Père Duchesne* ou encore en allant au théâtre. La distance entre le roman et son destinataire a contribué à privilégier la tribune politique, la sphère journalistique ou la scène théâtrale comme lieux d'énonciation et de débat des enjeux idéologiques de la Révolution.

C'est dans le contexte, exceptionnel du point de vue historique, car la censure a été quasi inexistante sous les deux premières législatures, que paraît chez Bailly, en 1792, un roman sans nom d'auteur intitulé *Aza ou le nègre*. Le 5 juillet de la même année, le n° 41 de *la Feuille villageoise*[2] publie une version abrégée de ce roman, où la préface a cédé la place à une courte introduction et un bref postambule. Raconté en chronologie inversée, le roman débute *in medias res*, non par le départ, selon l'agencement courant de ce type de récits, mais par le retour du héros, le Biafrais Aza, sur le continent de ses origines, où des négriers l'avaient capturé, avec sa fiancée. Lorsque celle-ci se tue de honte, après que les négriers l'ont violée, peu après son embarquement sur le navire qui les transporte vers les Antilles, Aza tente sans succès de l'imiter, avant d'être dissuadé de recommencer par un vieillard qui l'exhorte à endurer ses maux avec philosophie.

Après plusieurs années passées en esclavage, Aza profitera du tremblement de terre du 10 mai 1788[3] pour rejoindre les nègres

---

[1] *Le Nouveau Paris*, (Brunswick [Paris]: Chez les principaux libraires, 1800, chap. 186), p. 46.

[2] *La Feuille villageoise* est un hebdomadaire d'obédience girondine, lancé en septembre 1790 par l'ancien jésuite Joseph-Antoine Cerutti. Destiné en priorité aux habitants des campagnes, la vocation première de ce journal, qui soutenait également une ligne abolitionniste, était pédagogique puisqu'il s'occupait en priorité d'informer ses lecteurs, dans un style à leur portée, de leurs droits, ainsi que des événements courants de la Révolution qui les concernaient.

[3] L'historien de Saint-Domingue, Moreau de Saint-Méry (1750–1819), a rapporté dans sa *Description topographique, physique, civile, politique et historique de la partie française de l'Île Saint Domingue*, publié en 1797, « une très forte secousse arrivée à deux heures du matin » le 10 mai 1788.

marrons[1] dans la montagne. Il n'en redescendra, qu'au bout de trois ans, à la demande de leur chef, pour tempérer l'insurrection des Noirs du 22 août 1791, en prêchant l'humanité aux révoltés. Après l'échec du soulèvement, Aza est embarqué dans un vaisseau de guerre espagnol destiné à le déporter dans une île plus rigoureuse, puis condamné à mort lorsqu'il se mutine. Alors qu'il attend son exécution, un jeune officier français, qui a admiré son courage, le libère et le met à bord d'un canot où les flots le pousseront en six jours et six nuits vers l'Afrique, où il va raconter, à son arrivée, la terrifiante histoire de son esclavage aux Wolofs qui l'ont recueilli. Au lieu d'accepter leur proposition de rester parmi eux en prenant femme et en devenant leur chef, Aza leur propose, à son tour, de quitter leur territoire ancestral pour le suivre et se mettre à l'abri des Européens. Devant leur refus, il se met en route vers son pays qu'il finira par atteindre au bout de cinquante-cinq jours de marche. Il retrouvera même miraculeusement son père qu'il croyait mort en esclavage.

Aza ou le nègre est d'abord une œuvre de circonstance, car l'auteur anonyme inscrit ce bref récit, qui marque un jalon dans l'histoire de la littérature négrière du XVIIIe siècle, dans la campagne d'opinion, où les partisans des revendications émancipatrices exprimées à Saint-Domingue s'affrontaient aussi bien aux colons, qui avaient bâti des fortunes grâce à l'esclavage des Noirs, qu'à leurs représentants à Paris. Transporté dans la métropole, ce débat opposait, dans la presse et à l'Assemblée nationale,[2] le lobby colonialiste du club de Massiac,[3]

---

[1] Terme issu de l'espagnol *cimarron*, signifiant « montagnard », désignant un esclave fugitif menant dans les montagnes une existence hors du contrôle de son maître.

[2] Voir le texte annexe, *Adresse de la Société des Amis des Noirs, à l'Assemblée nationale.*

[3] Ce club, fondé le 20 août 1789, comptait plus de quatre cents colons et administrateurs. Situé place des Victoires, dans un édifice disparu lors du percement de la rue Étienne-Marcel, il visait à défendre les intérêts des riches planteurs créoles contre ce qu'ils appelaient la « secte » des Amis des Noirs en influençant les députés susceptibles de se montrer sensibles aux enjeux commerciaux représentés par leurs activités, à faire pression pour contrôler qui s'embarquait pour les Antilles et à commanditer puis à disséminer des œuvres pro-esclavagistes, comme la *Perfidie du système des Amis des Noirs*, en 1791, du Nantais Mathurin-Pierre Rousseau des Mélotries. Le rôle joué par les écrits est caractéristique de la lutte d'influence que se livraient les Amis des Noirs et le club de Massiac, les premiers s'exprimant dans *le Patriote français*, créé par Brissot en avril 1789, auquel le club de Massiac répliquera par une tentative de création avortée d'un *Journal colonial*. Cette suractivité éditoriale sera d'ailleurs, en dépit des cotisations élevées que payaient ses riches adhérents, l'une des causes du dépérissement du club de Massiac, en raison des

qui s'occupait très activement à défendre à grands frais les intérêts des colons blancs menacés par l'activisme des membres de la Société des Amis des Noirs, comme Pétion ou les abbés Grégoire et Sieyès, qui siégeaient à la Constituante. En installant au sein même du jeu politique ce texte inscrit dans la tradition littéraire anti-esclavagiste, les circonstances historiques et politiques, au milieu desquelles il paraît, reflètent l'enchérissement critique, lors de la Révolution, des enjeux liés à l'esclavage.

Aza ou le nègre poursuit également un objectif didactique, explicitement affirmé dans le discours préfaciel de l'auteur anonyme qui affirme le destiner à ceux « dont il importe […] de diriger l'opinion : je veux dire les femmes et les enfants ».[1] L'intention annoncée de l'auteur, qui est visiblement un membre, ou à tout le moins un sympathisant de la Société des Amis des Noirs, est claire : démontrer, par le moyen de cette « fiction ingénieuse »[2] le caractère criminel de la traite et de l'esclavage, mais également présenter l'insurrection comme le corollaire obligé de cette oppression. Au lieu de glorifier la rébellion de façon sentimentale, voire de la justifier, comme dans les œuvres qui l'ont précédé au XVIIIe siècle, *Aza ou le nègre* la présente comme la conséquence dialectique, à la fois de la nature de l'esclavage, et du caractère du débat politique autour de son abolition. Le parallèle est même établi entre l'esclavage juridique des Noirs et l'esclavage politique des Français, entre la tyrannie des planteurs et celle de la noblesse, pour proclamer que, la France ayant brisé ses propres fers, « s'empressait d'associer l'univers au bienfait de sa liberté naissante. »[3]

Si le texte d'*Aza* porte les marques des œuvres du XVIIIe siècle militant pour l'abolitionnisme, sa publication en 1792, en pleine Révolution, le place à la jonction de la littérature engagée et du débat politique, alors que la question du statut de Saint-Domingue et des autres îles fait l'objet d'un débat prolongé à la Constituante entre les députés Amis des Noirs et ceux acquis aux intérêts du lobby esclavagiste des colons du club de Massiac qui menaçaient, le cas échéant, de proclamer leur indépendance ou même de faire allégeance à l'Angleterre. Ces derniers étaient déjà parvenus, dès

---

pertes financières dues à son investissement à fonds perdus dans les brochures et ouvrages de toute sorte envoyés à grand frais dans les villes portuaires françaises.

[1] Voir ci-dessous p. 16.

[2] *La Feuille villageoise* n° 41, 5 juillet 1792, p. 342.

[3] Voir ci-dessous p. 33.

septembre 1789, à obtenir, en dépit de l'opposition de Mirabeau, le droit d'avoir des députés à l'Assemblée, et ils s'activaient à lutter contre ce qu'ils appelaient la « secte » des Amis des Noirs en influençant les députés susceptibles de se montrer sensibles aux enjeux commerciaux représentés par leurs activités, et en commanditant, pour les disséminer, des œuvres pro-esclavagistes, comme la *Perfidie du système des Amis des Noirs* de 1791, où le Nantais Rousseau des Mélotries, dépeint le sort des esclaves comme enviable : « Le génie, l'ascendant des Blancs, leurs arts, leurs richesses ont d'abord asservi les Noirs, mais bientôt leurs bienfaits et la reconnaissance leur ont fait de ce joug une douce habitude, et ils vivent contents. »[1] Sidérante assertion bientôt démentie de façon cinglante par les faits puisque le soir du 22 août 1791 verra, dans ce qui marquera le début de la révolution haïtienne et où environ 1.000 Blancs seront massacrés en des conditions atroces, le soulèvement des esclaves de Saint-Domingue, à l'annonce que le décret de l'Assemblée constituante du 15 mai de la même année admettant les gens de couleur libres aux assemblées coloniales, en excluait, en revanche, les non-libres.

Alors que la stratégie des colons a consisté tout du long à attribuer la responsabilité des émeutes de Saint-Domingue « aux imprudentes manœuvres des Amis des Noirs »,[2] l'auteur anonyme d'*Aza ou le nègre* la rejette sans détours sur le système esclavagiste pour postuler sans équivoque le caractère criminel de l'esclavage. Cet argumentaire est dans le fil direct de la ligne politique défendue par Brissot qui, le 27 octobre 1791, à l'annonce, au sein de la Législative, du soulèvement des esclaves du Cap-Français, réagira immédiatement dans un long discours où, après avoir rejeté l'entière responsabilité de l'insurrection sur les Blancs, il demandera l'envoi de commissaires civils qui proclameraient les droits des hommes de couleur. *Aza* s'enracine donc dans le référent historique précis du soulèvement subséquent au refus des colons d'exécuter le décret de la Constituante visant à « rendre à la société, à l'exercice de ses droits, ceux du moins d'entre les enfants des Noirs, qui avaient déjà racheté leur liberté, et qu'un préjugé barbare empêchait d'y participer ».[3]

La réaction de l'écrivain anonyme à ce qu'il a « vu dans plusieurs écrits récents, et entendu avec un bien plus grand scandale dans la

---

[1] *Perfidie du système des Amis des Noirs* (Nantes: s.n., 1791), p. 7.

[2] Charles Gomel, *Histoire financière de la Législative et de la Convention* (Paris: Guillaumin, 1902), p. 49.

[3] Voir ci-dessous p. 33.

tribune même de l'Assemblée constituante »[1] et l'attaque *ad hominem* contre Aubert Dubayet,[2] le natif de Louisiane tout dévoué à la cause des colons, est manifestement une réaction à chaud aux joutes oratoires auxquelles il a probablement assisté en tant que spectateur des tribunes publiques, et peut-être même comme député lui-même. La marque des tensions qui sous-tendent les enjeux idéologiques résultant de l'accession au débat politique de la question de l'abolition de la traite et de l'esclavage, apparaît dès la préface d'*Aza ou le Nègre* lorsque l'auteur anonyme affirme que son récit doit sa motivation « au désir de détruire [l]es impressions artificieuses »,[3] de combattre l'« extravagante doctrine »[4] d'« écrivains soudoyés »[5] qui ont tenté d'inciter le public à la violence contre le « petit nombre d'amis des hommes »[6] à avoir tenté de prendre la défense des esclaves. Cette mention confirme également que les soulèvements d'esclaves et que les massacres de Blancs ont nui dans l'opinion publique aux abolitionnistes car les colons ont bien évidemment profité de l'occasion pour justifier leur propagande en en rejetant la responsabilité sur les Amis des Noirs : « On n'a pas craint de débiter aussi et d'imprimer partout, que les écrits de quelques membres de la Société des Amis des Noirs avaient causé les soulèvements arrivés dans nos colonies. »[7] Or, au moment où, dans le débat démocratique entre les colons qui veulent paralyser toute avancée démocratique dans les Antilles et vont jusqu'à rendre responsables des soulèvements les efforts même des Amis des Noirs, *Aza ou le Nègre* réaffirme sans équivoque les deux principes selon lesquels l'esclavage est un crime dans l'ordre de la nature et que l'insurrection est le terme fatal de toute oppression extrême. Cette défense intransigeante du droit à l'insurrection, dans le contexte politique du moment, c'est-à-dire après qu'on a appris

---

[1] Voir *Adresse de la Société des Amis des Noirs, à l'Assemblée nationale*, p. 43 et suiv.

[2] Né le 19 août 1757 à Bâton-Rouge, Jean-Baptiste Aubert-Dubayet est surtout connu pour avoir fait voter, le 20 septembre 1792, la loi sur le mariage civil, mais il s'était fait remarquer dès 1785 pour avoir répondu à la question de l'Académie de Metz, alors qu'il était capitaine dans cette ville : « Est-il des moyens de rendre les juifs plus utiles et plus heureux en France ? » par le pamphlet intitulé *le Cri du citoyen contre les Juifs de Metz*.

[3] Voir ci-dessous p. 16.

[4] Voir ci-dessous p. 15.

[5] *Ibid.*

[6] *Ibid.*

[7] *Ibid.*

le massacre du 22 août, représente non seulement une rupture fondamentale par rapport aux fictions antérieures, mais témoigne encore de la fermeté d'un engagement radical que les nouvelles en provenance de Saint-Domingue avaient commencé à attiédir chez d'autres.

Cet engagement se traduit dans le texte par l'intention, annoncée en préface par l'auteur anonyme, de produire un récit à la trame intégralement assujettie à l'actualité : « Je n'y ai mis du mien que le fil, assez maladroit peut-être, qui lie les événements ».[1] En raison de la relative pauvreté du corpus exposant les réalités de l'esclavage, l'auteur anonyme convoque à peu près les mêmes sources que les autres fictions coloniales du XVIIIe siècle.[2] Il tente également de s'éloigner, démarche nécessairement maladroite dans la mesure où elle est insuffisamment renseignée, de l'ethnocentrisme dominant en introduisant des termes africains comme *couscou*, *bentaba* ou *babola*, tout comme il se pique d'exactitude, en ce qui concerne la réalité de l'esclavage, lorsqu'il affirme d'entrée de jeu que l'histoire ne contient « rien d'inventé, rien de fictif ; pas un fait qui n'ait ses autorités, et dont la vérité ne s'appuie des témoignages de plusieurs relateurs ».[3] Le véritable enjeu, et c'est là où *Aza ou le Nègre* s'éloigne de ses contemporains, c'est l'irruption au sein de l'espace textuel du contexte politique révolutionnaire avec, en écho, le débat parlementaire qui se livre à la Constituante sur la question de l'abolition de l'esclavage : en inscrivant à l'ordre du débat politique ce qui n'avait relevé, jusque là, que de la cause juste, le cadre parlementaire issu de la Révolution a, en effet, renouvelé les enjeux en ouvrant un espace démocratique où l'abolition de la traite, puis de l'esclavage, peuvent désormais être envisagés comme cause à défendre et à remporter. Il importe alors, au sein de la nouvelle représentation nationale, plus encore que d'être vrai aux faits, d'avoir raison dans leur interprétation.

Dès lors que la représentation politique du Noir s'articule directement autour de la situation coloniale telle qu'elle est désormais

---

[1] Voir ci-dessous p. 17.

[2] S'y côtoient pêle-mêle des voyageurs comme l'explorateur français François Levaillant, l'amiral anglais George Anson, le naturaliste et abolitionniste suédois Anders Sparrman, des auteurs de récits de voyage comme l'abbé Prévost (*Histoire générale des voyages*, 1746–1759), des autorités anticolonialistes comme l'abbé Raynal, l'abolitionniste anglais Thomas Clarkson, mais également un partisan de l'esclavage comme le père Labat.

[3] Voir ci-dessous p. 17.

problématisée à l'Assemblée nationale, le texte d'*Aza ou le Nègre* tend à mettre entre parenthèses le cadre romantique auparavant incontournable de ce genre d'histoire, en même temps qu'il devient partie intégrante du procès d'idées intenté à l'esclavage. Non seulement la trame narrative et les éléments structurels d'*Aza* sont tributaires de l'actualité parlementaire et du débat politique mais, en entreprenant d'éduquer le public sur la question par la soumission de la rhétorique révolutionnaire métropolitaine au service de la cause de la libération des esclaves, explicitement comparés aux Français dont la Révolution a brisé les propres chaînes, le récit entend bien s'en instituer un élément constitutif à part entière. Au moment où l'on temporise sur les droits à accorder aux habitants des colonies d'outre-mer – droits civiques aux mulâtres, abolition graduelle ou immédiate, avec ou sans compensation, de l'esclavage –, *Aza ou le Nègre* se veut un récit « engagé » qui met la littérature au service du combat contre l'esclavagisme. Même si son auteur a préféré le publier sous le voile de l'anonyme – les « indignes violences contre un petit nombre d'amis des hommes »[1] qu'il évoque suffisent à expliquer sa prudence –, il annonce clairement son intention de démontrer que l'unique solution dialectique à l'esclavage, que tentent de défendre les colons, et plus particulièrement ceux du club de Massiac, est l'abolition.

Le texte d'*Aza ou le Nègre* convoque certes un grand nombre des *topos* communs aux récits anti-esclavagistes depuis l'*Oroonoko* d'Aphra Behn. Cependant, il signe également une rupture avec le sentimentalisme conventionnel des fictions coloniales en subvertissant l'agencement de certains *topos* traditionnels, comme pour circonvenir, d'entrée de jeu, tout glissement possible du débat politique général vers le récit sentimental, car, pour aussi surprenante que puisse paraître cette proposition, d'autres textes, comme le *Ziméo* de Saint-Lambert, se terminent sur une sorte de dénouement heureux, avec les retrouvailles du héros et sa bien-aimée Ellaroé ainsi que son père Matomba, avant son départ pour les montagnes de Jamaïque où il se cachera comme nègre marron. Dans les romans traditionnels, les amours de l'esclave sont une composante et un déterminant de l'histoire et de son déroulement, souvent un traditionnel « embrayeur » de révolte lorsqu'elles sont contrariées. Par contraste, la fiancée d'Aza, Narina disparaît dès le début de l'histoire

---

[1] Voir ci-dessous p. 15.

et ne sera plus évoquée que comme fantôme pleuré qui détermine le héros à refuser les offres des Wolofs de prendre femme parmi eux. L'ombre de Narina incarnera dès lors ce vestige irréparablement perdu de la liberté, qui va fonctionner comme l'équivalent intériorisé des cicatrices de flagellation exhibées par Aza aux Wolofs horrifiés, la marque intrinsèque de l'aliénation irréparable qu'il a subie et la pérennité du traumatisme que représente l'esclavage. En conséquence, la résolution qu'appellera Aza de tous ses vœux, sera d'être réuni, non pas – comme dans les fictions antérieures – à celle qu'il aime, mais au continent dont il a été violemment arraché.

Pareillement, le père d'Aza fait irruption dans le récit sous la forme inattendue d'un fantôme apparaissant auprès de son cadavre pour lui apprendre qu'il a également été réduit en esclavage quelques années après son fils et que les Blancs l'ont pendu pour avoir voulu se soustraire à son sort, avant de se recommander expressément à sa vengeance. Cette incursion du merveilleux surprend d'autant plus que le récit se conclura sur la découverte par Aza « de la bouche de Farbana lui-même, qu'il n'a point quitté l'Afrique ».[1] Aza lui-même offrira au lecteur sa propre interprétation de ce phénomène inexplicable en se disant « convaincu que cette apparition étrange, encore présente à sa pensée, n'a été que l'effet d'un cerveau échauffé par le chagrin et de continuelles rêveries, et que ce fantôme, né de la douleur et de la crainte, n'a eu d'existence que dans son imagination blessée. »[2] Cette donnée narrative est suffisamment importante au narrateur anonyme pour que celui-ci prenne la peine d'ajouter l'une des trois notes en bas de page pour préciser que « Telle a été dans tous les temps et dans tous les pays, l'histoire des apparitions, des révélations, des prophéties, des miracles, des visions. Les hommes sains ne voient point d'esprits : il n'en est pas ainsi des malades. »[3] On pourra y voir une réponse aux partisans de l'esclavage pour lesquels la fièvre était propre aux esclaves, à en juger par le *Discours sur les colonies et la traite des Noirs*, prononcé par l'armateur nantais, Jean-Baptiste Mosneron de l'Aunay, le 26 février 1790, au club des Jacobins, où il affirme que : « Le passage de l'esclavage à la liberté est

---

[1] Voir ci-dessous p. 40.

[2] *Ibid.*

[3] Voir note p. 40.

une fièvre ardente qui donne des transports et quelquefois un délire furieux. »[1]

Parmi les caractéristiques qui démarquent *Aza ou le Nègre* des autres fictions coloniales, l'une des plus intéressantes est assurément celle qui consiste à céder au protagoniste une bonne partie du récit, pour faire alterner largement la première avec la troisième personne. Presque entièrement circonscrite aux descriptions événementielles, la troisième personne sert parfois de vecteur à la condamnation de l'esclavage, mais jamais à des jugements de valeur condescendants comme on en trouvera dans le *Mirza*, postérieur de trois ans à *Aza*, de Germaine de Staël, où la subordination des Noirs, caractérisés vis-à-vis des Blancs comme inférieurs, mais toujours révérencieux et reconnaissants dès lors qu'on veut bien faire preuve de bonté à leur égard, est une pétition de principe. Lorsque les fictions coloniales fonctionnent sur un principe implicite de supériorité du Blanc sur l'Africain, esclave ou non, la dénonciation de l'esclavage dans ces récits est paradoxale dans la mesure où leur intrigue européocentriste offre la vision idéalisée d'une condition qui pourrait être supportable sous certaines modalités, telles qu'un amour partagé ou un bon maître. Par contraste, *Aza ou le Nègre* offre au lecteur un texte débarrassé au maximum des scories du positionnement des personnages fondé sur la dépendance du Noir envers le Blanc.

L'attribution, dans la quasi totalité de la partie diégétique du récit, de la voix narrative à Aza, le montre en maître de sa propre destinée, presque autant que de sa propre histoire. L'accomplissement de son autobiographie lui permet d'en contrôler les données. Le lecteur n'apprendra jamais, par exemple, le nom d'esclave qui a été attribué à Aza. En lui cédant largement la parole, le récit évite, en outre, de subordonner l'apparence physique des héros noirs à l'esthétique européenne, comme c'est le cas chez le Ximéo de Germaine de Staël dont les « traits n'avaient aucun des défauts des hommes de sa couleur »[2] ou le Ziméo de Saint-Lambert pour qui « les statues d'Apollon et de l'Antinoüs n'ont pas des traits plus réguliers et de plus belles proportions. »[3] *Aza* montre, par contraste, des hommes

---

[1] François-Alphonse Aulard, *La Société des Jacobins : recueil de documents pour l'histoire du club des Jacobins de Paris*, (Paris: Jouaust, 1889), I, p. 14.

[2] *Nouvelles du héros noir : anthologie, 1769–1847*, ed. by Roger Little (Paris: L'Harmattan, 2009), p. 54.

[3] *Fictions coloniales du XVIIIᵉ siècle*, ed. by Youmna Charara (Paris: L'Harmattan, 2005), p. 53.

blancs vulnérables, susceptibles au climat, à l'eau de mer et aux rivages de son Afrique natale : « beaucoup de matelots des vaisseaux qui devaient nous porter, étaient malades. [...] La moitié de ceux qui séjournent dans ce climat brillant y périssent ».[1] Aza narrateur de sa propre histoire permet, de ce fait, d'introduire dans le récit un effet de distanciation qui met en relief le caractère afrocentré de la répudiation de l'esclavage. Ainsi, sa description factuelle et sobre des circonstances de la traite ou son tableau succinct, mais précis et chronologique, du quotidien de l'esclave, est effectuée sur un ton détaché, si froid et aux antipodes du sempiternel pathos éploré des grands discours européocentrés des autres fictions coloniales, que la nature accusatrice de sa dénonciation, volontairement ethnographique et distanciée, en est paradoxalement renforcée d'autant.

L'octroi de la première personne à Aza inscrit également la réception du récit au sein du texte. C'est l'occasion de déplacer la fonction émotive, presque absente chez le locuteur, vers le destinataire, pour représenter la réaction des Africains libres « effrayés à la vue de ce triste tableau, et leur terreur muette, et leur inquiète attente ».[2] Cette technique narrative permet ainsi au narrateur anonyme d'opposer un démenti cinglant aux écrits et aux discours que faisaient répandre les colons pour tenter d'accréditer la thèse indécente de l'esclavage comme un progrès sur les conditions de vie en Afrique. Le statut social d'Aza est également, à cet égard, très significatif : alors qu'il ne fallait rien moins qu'un rang princier pour pouvoir accéder à un statut héroïque[3] et prétendre à communiquer sur un pied d'égalité intellectuelle avec les Blancs, non seulement ce *topos* des romans coloniaux est remarquablement absent d'*Aza*, dont aucun détail n'indique qu'il soit autre chose qu'un simple particulier. Et même, les Jalofes iront jusqu'à lui proposer, à l'issue de son récit, eu égard à sa sagesse, « fruit de l'expérience et du malheur »[4], d'être leur chef.[5] Par contraste, le Blanc, qui n'est pas autrement nommé que « celui

---

[1] Voir ci-dessous p. 25.

[2] Voir ci-dessous p. 27.

[3] Le Ziméo de Saint-Lambert est l'héritier du grand et puissant Damel du Bénin, tandis que le Ximéo de Staël est « prince dans son pays ».

[4] Voir ci-dessous p. 38.

[5] La littérature accorde ici une primauté aux compétences sur la naissance, qui reflète non seulement les avancées de la Révolution environnante, et ne précède que d'une année l'élection, suite à un « vote unanime à la pluralité des voix » du natif de l'île de Gorée, Jean-Baptiste Belley, comme député du département du Nord de Saint-Domingue à la Convention nationale.

que je devais servir »,[1] et que l'on ne voit jamais interagir en tant que personne, n'existe que comme un paradigme innommé, désincarné et réduit à ses seules actions décrites à la voix passive : Aza parle ainsi de la « voix redoutée du Blanc, dont le caprice commande la douleur ou la mort »[2] ou « le maître que je servais était avare et dur », « un inflexible despote ».[3] C'en est donc définitivement fini, dans ce roman, du *topos* du bon maître aux esclaves heureux qui, au besoin, le défendront en cas d'insurrection.

Dans *Aza ou le Nègre*, le maître blanc n'est plus qu'un archétype dont les tares – cupidité, paresse, cruauté, insensibilité, injustice, haine… – sont réduites à un catalogue de fonctions narratives. Du coup, sa prise de parole ne visant qu'à mettre ses frères africains en garde, et non à solliciter la compassion des Blancs, Aza n'a pas besoin de s'exprimer dans ce français châtié commun aux discours des Africains éduqués à l'européenne des autres fictions coloniales.[4] La rupture est donc bien consommée avec les récits où les héros noirs ne peuvent s'exprimer, et donc penser, hors du prisme francophone. La raison en tient à ce que toutes les figures tutélaires d'Aza sont exclusivement afrocentrées : ceux qui le conseillent sont d'abord son compagnon d'infortune sur le navire négrier, le sage Biafare qui lui enseigne que tous les hommes sont esclaves devant l'être suprême, et ensuite le chef des Marrons, Natacou, décrit comme issu « du pays des belliqueux Ayos à Mina »[5] et « indocile au joug comme tous les Noirs de ce canton »,[6] et qui a préféré « se couper la main d'un coup de hache »[7] plutôt que de remplir l'office de bourreau. Le premier n'a encore jamais été esclave et le second ne l'a été que peu de temps, s'étant échappé très tôt. Ceci explique pourquoi, lors de la révolte des esclaves, Aza ne descend des montagnes des Marrons qu'à la demande expresse de Natacou, moins pour se joindre à la rébellion que pour en modérer les excès. En revanche, Aza a su transcender l'appel à la vengeance de son père pour impulser, à la place, l'élan du retour au continent originel.

---

[1] Voir ci-dessous p. 27.

[2] Voir ci-dessous p. 32.

[3] Voir ci-dessous p. 28.

[4] Le narrateur dit à Ximéo : « un Français même ne parlerait pas sa langue mieux que vous. »

[5] Voir ci-dessous p. 33–4.

[6] Voir ci-dessous p. 34.

[7] *Ibid.*

Alors qu'on a parlé de lui et pour lui dans la littérature, qu'on parle de lui et pour lui à l'Assemblée nationale, *Aza ou le Nègre* donne la parole à un Africain dans un roman où l'homme blanc cesse d'être la norme et dont le destin reflète celui des esclaves de Saint-Domingue qui vont prendre leur destinée en main, en se soulevant dans ce qui se conclura par l'indépendance d'Haïti. Non seulement le héros-narrateur d'*Aza ou le Nègre* entreprend de se réapproprier sa culture pour offrir une vision résolument afrocentrée de l'esclavage, mais il va également jusqu'à imaginer un après-esclavage, même si la portée de cet effort d'imagination est manifestement limitée, en raison des contraintes du contexte sociopolitique de l'époque, à sa propre individualité. La conclusion idéalisée à la question de l'esclavage, qui consiste à passer du détail hyperréaliste des atrocités subies par Aza à l'utopie, est un mode de résolution du récit qui, non content de refléter les tensions d'un système sans issue, préfigure, par la même occasion, l'échec du politique à le résoudre de façon recevable. En incarnant ainsi le potentiel de liberté dû à son peuple, le personnage d'Aza renouvelle le paradigme de l'esclave rebelle, de même qu'en inaugurant le *topos* littéraire du rapatriement en Afrique, ce *Cahier d'un retour au pays natal* avant l'heure, dans la résolution duquel les Européens ne jouent presque aucun rôle, consacre définitivement la mort du récit paternaliste. L'énoncé idéologique d'*Aza ou le Nègre* oppose une fin de non-recevoir radicale à la vision européocentrée d'un esclavage bienveillant ou des prétendus bienfaits de la colonisation que proposent les autres fictions coloniales, pour nous montrer un Africain qui prend son destin en main en tournant le dos à l'Occident et retourne chez lui en Afrique par ses propres moyens, sans rien attendre de la magnanimité des Européens. En ce sens, le roman, à classer dans la littérature de combat, d'*Aza ou le Nègre* a atteint son but, véritablement révolutionnaire, de donner la parole à une voix africaine.

AZA OU LE NÈGRE

Sit mihi fas audita loqui.[1]

VIRGILE. Æneid. VI *Liv.*

À Madame D*******

À vous la plus excellente des Femmes ;
Vous dont les longs bienfaits ont prévenu mes malheurs.
Vous dont l'humanité est la première vertu.

PRÉFACE.

On croira difficilement peut-être en d'autres temps, qu'il se soit trouvé dans celui-ci des déclamateurs assez hardis pour soutenir que les Noirs, peuples pasteurs et agricoles dans leurs contrées, y sont plus malheureux qu'en Amérique sous le fouet des colons. C'est cependant ce que nous avons vu dans plusieurs écrits récents, et entendu avec un bien plus grand scandale dans la tribune même de l'Assemblée constituante. On n'a pas craint de débiter aussi et d'imprimer partout, que les écrits de quelques membres de la Société des Amis des Noirs avaient causé les soulèvements arrivés dans nos colonies, et cette assertion non moins étrange que l'autre, a été propagée avec la même impudeur, et accréditée par toutes les manœuvres des habiles dans l'art de la calomnie et du paradoxe. Et il n'a pas tenu à ces écrivains soudoyés, que le public (le vulgaire, s'entend) imbu de cette extravagante doctrine, ne se portât à d'indignes violences contre un petit nombre d'amis des hommes, dont l'utile courage a osé porter dans les régions ténébreuses de l'opinion, le flambeau du vrai, et dont la médiocrité honorable atteste assez la probité intègre

---

[1] « Qu'il me soit permis de parler des choses que j'ai entendu dire ».

15

et la rare incorruptibilité. Sans doute il eût été doux aux tyrans des peuples de les aveugler assez pour les pousser à égorger leurs propres bienfaiteurs, et par un double raffinement de vengeance, d'ôter ainsi aux opprimés leurs tuteurs naturels, et de voir couler le sang des autres sous des mains devenues ingrates et parricides.

C'est au désir de détruire ces impressions artificieuses, que cet opuscule a dû sa naissance. J'ai donc voulu prouver que les Noirs étaient en effet malheureux dans l'esclavage et par l'esclavage, et que l'acte de violence qui les arrache à leurs foyers était un crime dans l'ordre de la nature et de la société. J'ai voulu mettre encore dans tout son jour cette autre vérité incontestable, que l'insurrection était le terme fatal de toute oppression extrême, et ne reconnaissait point de plus puissantes causes ; que ce n'était ni par les suggestions partielles, ni par les intérêts divisés de ceux qui gouvernent, que pouvaient être amenées ces crises violentes, qui, comme les maladies aiguës, régénèrent ou tuent le corps politique, mais uniquement par l'explosion inévitable d'un désespoir universel et simultané, né d'un mal-être devenu enfin intolérable : bien plus, que les écrits des sages, loin de provoquer cet état, tendaient à le retarder, à l'empêcher même, s'il était possible, puisqu'ils n'enseignent qu'impassibilité dans les injures, que patience dans l'adverse fortune, que résignation à la nécessité, et que ni Zénon ni Épictète n'ont été des prédicateurs de révolte et de guerre. J'aurais pu, à l'appui de ces assertions, invoquer les témoignages de l'histoire, et faire voir que les insurrections n'ont jamais été plus fréquentes ni plus cruelles que dans les temps de barbarie et d'ignorance, et chez les nations non civilisées : qu'à la vérité, si des peuples éclairés se trouvent dans cet état, la philosophie peut servir à l'ordonner, à faire sortir l'œuvre de la sagesse du sein du chaos, mais que ce n'est point elle qui le produit, qu'elle y répugne, et que si les peuples pouvaient être composés de stoïques, une latitude bien plus grande serait donnée à l'oppression, et telle, que le terme où elle devrait se détruire par sa propre violence, serait incalculable. Mais toutes ces choses dites et redites mille fois, ne sont point contestées par les lecteurs qui savent entendre ; et, en général, ceux pour qui sont faits les écrits polémiques, s'ils errent, n'errent pas de bonne foi. Il est une autre classe de lecteurs que la discussion fatigue ou ennuie, et dont il importe cependant de diriger l'opinion : je veux dire les femmes et les enfants. Les uns doivent bientôt devenir des hommes, les autres sont destinées à les former dans un âge où les impressions ont une force qui s'étend sur toute la durée de la vie. C'est pour eux que sont faits les ouvrages d'imagination dans lesquels la vérité se couvre du voile transparent de la fiction, présente la sagesse sous un visage moins austère, et fait aimer la vertu, même avant que le raisonnement ait appris ce que c'est que vertu ; à peu près comme dans l'étude des langues vivantes, l'acquis de la science en précède l'enseignement. Voilà ce que j'ai tenté dans ce petit ouvrage. Je n'y ai mis du mien que le fil, assez maladroit peut-être, qui lie les événements : du reste, rien d'inventé, rien de fictif ; pas un fait qui n'ait ses autorités, et dont la vérité ne s'appuie des témoignages de plusieurs relateurs.[1] J'aurai réussi, si j'inspire plus de douceur aux riches, condamnés par la fortune au malheur d'avoir des esclaves ; plus de modération à la foule inconsidérée qui répète, comme un écho, d'absurdes calomnies contre les philosophes ; plus de résignation enfin à ceux qui ne supportent qu'avec trop d'aigreur peut-être la privation momentanée de ces produits exotiques dont l'usage leur a fait une nécessité.

---

[1] Ces faits sont extraits souvent mot à mot de Raynal, Labat, Clarkson, Prévost, Sparman, Levaillant, Anson, etc. Si l'on m'oppose le peu de véracité des relateurs, et la foi souvent suspecte de ceux même qui ont vu, je dirai, que l'exagération possible des récits invoqués, est plus que compensée par ceux que je tais, et qu'il n'est pas un seul des faits solitaires que j'expose dans cet écrit, qui, sans nul doute, n'ait été répété mille fois. Je n'aurais pas publié non plus cet opuscule, si les malheurs qui désolent les colonies n'eussent atteint leur plus haut période : car mon objet est d'appeler la pitié sur une race infortunée, non de provoquer les vengeances ; et pourtant, je ne me flatte pas d'échapper aux injures, qui, partout, sont le partage de ceux qui osent dire la vérité ; et lorsque aujourd'hui, les Quakers eux-mêmes, philosophes choisis parmi une nation notre aînée depuis longtemps en plus d'un genre de sagesse, sont couverts de sarcasmes par des plumes stipendiaires, pour avoir réclamé les droits de la nature en faveur des Noirs, dois-je m'affliger ou m'enorgueillir d'être atteint par les mêmes clameurs ? Mais quoi ! pendant que j'écris ceci, l'Angleterre abolit la traite. Cet acte mémorable sera une suffisante apologie d'un Ouvrage dont l'objet est d'en solliciter l'extinction parmi nous : et je ne puis penser que bientôt les Amis des Noirs n'obtiennent ce dernier triomphe de la raison sur des préjugés stupides et cruels, ni que dans cette noble lutte qui s'établit entre les deux premières nations du monde, la France demeure longtemps en arrière de sa rivale.

AZA OU LE NÈGRE

LIBERTÉ sainte, auguste compagne de l'homme dans les premiers âges du monde ; toi que conserve depuis tant de siècles le Nomade indompté au milieu de ses solitudes inaccessibles, pour qui combattent encore, sur les bords de leurs lacs, dans l'enceinte de leurs forêts antédiluviennes, ces tribus d'un peuple fier et belliqueux, que sépare de nous la vaste Atlantique ; vierge errante, et partout proscrite par les infâmes oppresseurs des peuples, écarte un moment à mes yeux le voile qui te couvre ; arrête tes pas auprès de ces autels que t'élève ma patrie par toi renaissante ; déposes-y ce fer que tu caches sous les plis de ta robe, ce glaive que ceignit Brutus, dont Caton se perça, et que sous lui tombe et périsse le premier tyran, qui, dans cette terre hospitalière, osera te violer !

Et toi, vieil Ossian, chantre immortel de ces temps héroïques, que fais-tu ? Dans quel antre solitaire est suspendue ta harpe résonnante, depuis si longtemps muette ? Ombre vénérable, quitte un moment ces sombres contrées que couvre Orion de ses continuels frimas ; laisse l'ombre nocturne des noirs sapins, des hêtres antiques que tu parcours, quand l'astre des nuits verse sur les plaines taciturnes des mers glacées, sa pâle lumière ; viens dans ces régions que brûle le soleil du midi ; et du haut d'un morne aride, assis sur une roche sourcilleuse qui domine les nuages, contemple cette terre naguère vierge et pure, maintenant souillée, triste et déplorable théâtre d'horreur et de désolation. Ah ! si les sépulcres te plaisent, ici la terre en est couverte : là, dans ces plaines fumantes de la sueur et du sang des hommes, des générations entières se sont ensevelies, indignement précipitées dans la tombe pour les plaisirs et la convoitise du féroce Européen : là, les mânes confondus du malheureux Indien, du Noir exilé loin de sa patrie, se plaignent de leur destinée commune ; ils dorment dans la poussière des tombeaux, en attendant le jour de la vengeance ; mais aux accents de ta voix, ils se réveilleront, et leurs ossements desséchés tressailliront encore sous la terre brûlante qui les couvre.

Mais tu n'es plus, et ton mâle génie est descendu avec toi dans le même cercueil qui renferme la cendre du Barde[1] et de Fingal ![2]

---

[1] Ossian, auteur présumé des poèmes publiés par James Macpherson de 1760 à 1763. (*Note de l'éditeur*)

[2] Finn mac Cumaill, guerrier légendaire de la mythologie celtique irlandaise, père d'Ossian. (*Note de l'éditeur*)

Comment ma faible voix osera-t-elle se faire entendre ? qui me dictera un chant mélancolique ? comment celui qui n'a pas recueilli ton génie, dira-t-il les malheurs d'Aza, et sa joie, lorsque après de longues infortunes, revenu d'un affreux exil, il toucha sa terre natale, embrassa ses vieux amis, et revit, sous le toit surbaissé de sa première demeure, le fétiche révéré qui protégea son enfance ?

Sur les bords de l'Atlantique ; près des lieux où le Niger termine sa course inconnue, est une vallée profonde et solitaire, longtemps ignorée des Européens : défendus d'un côté, par la mer, qui brise avec fureur sur les récifs de la côte ; de l'autre, par des montagnes sauvages et escarpées, ses tranquilles habitants vivaient heureux, sans commerce, sans communication avec les autres Noirs de ces régions. Ceux-ci, toujours en état de guerre entre eux, avides de ces hochets puérils que leur portent nos vaisseaux, plus avides de ces breuvages empoisonnés qu'ils reçoivent d'eux, et que leur pays leur refuse, se livraient de continuels combats pour fournir ces marchés infâmes, où des hommes achètent des hommes, où le marchand insatiable qui sacrifie tout à l'or, provoquant, par les plus vils artifices, la cupidité de ces peuples grossiers, achète sans pudeur, pour les transformer en bestiaux, du père ses enfants, et des enfants leur propre père.

Mais la paix dont jouissait cette peuplade isolée, ne devait pas être durable. Après s'être mutuellement épuisés, leurs lâches voisins s'unirent pour les attaquer, espérant trouver en eux une proie facile autant que sûre. L'amour de la liberté, qui exalte les plus faibles courages, les fit pourtant résister pendant longtemps à ces incursions soudaines, et les défilés de leurs montagnes furent plus d'une fois comblés des cadavres de leurs vils ennemis. Toutefois cette lutte inégale les épuisait peu à peu, et la diminution progressive de leur nombre présageait à ces hommes encore libres, ou une mort inévitable, ou un prochain esclavage.

Une nuit, cent de leurs guerriers veillaient dans un bois de cocotiers qui borde une partie du rivage par où la mer, en se retirant, pouvait livrer un passage à l'ennemi. Ils avaient allumé un grand feu, car la brise froide et pluvieuse soufflait du large, et transissait ces hommes accoutumés aux chaleurs brûlantes de la ligne : il servait encore à les défendre des tigres et des lions, dont les rugissements prolongés se faisaient entendre de temps en temps dans la profondeur des forêts, et interrompaient le bruit monotone et continu du flot, qui, sans repos, tombe et se rompt sur les rochers du rivage. Les uns, assis sur leurs talons, les bras accoudés sur leurs genoux, se reposaient en cercle autour du feu ; d'autres debout, appuyés sur leurs lances ou sur leurs massues, se tenaient prêts, de crainte de surprise ; car la nuit était affreuse ; la lune ne paraissait point, et le ciel, couvert d'épais nuages, ne montrait pas une étoile : on ne distinguait pas même, sur la grève peu éloignée, cette écume blanchâtre et tournoyante que la vague envoie et pousse loin du lieu où elle se brise : seulement la flamme pétillante excitée par le vent d'ouest, roulait dans l'ombre ses tourbillons dispersés, et éclairait d'une lueur rougeâtre les troncs humides des arbres environnants.

Ils gardaient un profond silence, lorsque, du côté de la mer, un bruit extraordinaire se fit entendre, comme des pas d'un homme qui marche dans les flots. Aussitôt ils se lèvent, saisissent leurs armes ; déjà vingt flèches posées sur l'arc tendu, allaient frapper l'inconnu qui s'avançait, (car c'était en effet un homme), lorsque s'élançant tout à coup vers eux, en prononçant quelques paroles de paix, il montra à leurs yeux étonnés, un Noir sous les habits d'un Européen.

— Je suis votre frère, leur dit-il, et non pas un ennemi. J'ai traversé deux fois la vaste mer : je viens d'échapper au fer cruel, à la faim et à la fureur des flots. Sera-ce au milieu de mes amis que je trouverai la mort ? Ô mon pays ! je te salue ; terre chérie, je te revois encore ! terre sacrée, qui n'as pu recevoir les os de mes pères, tu recevras les miens ! En prononçant ces paroles, il s'était prosterné sur la terre, qu'il baisait avec transport. Cependant, ils le regardaient avec étonnement ; sa tête, et ses pieds étaient nus ; de méchants habits dégouttant d'eau couvraient le reste de son corps, deux pistolets étaient attachés à sa ceinture, et il tenait à sa main une longue épée dans son fourreau et le baudrier destiné à la soutenir.

— Donnez-moi à manger, leur dit-il ; après, je vous dirai qui je suis, car depuis deux jours aucun aliment n'a apaisé ma faim dévorante. J'ai souffert des maux inouïs, mais je vous revois, je les oublie tous. En même temps il se précipitait dans leurs bras, il les embrassait tour à tour ; des pleurs inondaient ses joues ; ses gestes, son air semblaient ceux d'un insensé, et sans savoir encore qui il était, ces hommes simples, émus de pitié, sentaient couler aussi leurs larmes.

Un peu de chair rôtie, du poisson, et quelques ignames restaient encore ; on les lui donna. Il dépouille ses habits, s'accroupit près du feu et dévore ces aliments ; tandis que les autres, debout et pressés autour de lui, l'examinent avec surprise, se parlent à demi voix, et attendent, impatients, le moment où il va satisfaire leur inquiète curiosité.

Quand il eut mangé et bu, que la chaleur du feu eut séché sa peau humide, et ranimé ses esprits épuisés, il se leva. — Je suis Biafare,[1] leur dit-il ; mon nom est Aza. J'atteignais à peine ma seizième année, quand je fus vendu et conduit en esclavage. J'ai souffert, pendant dix-sept ans, des maux affreux, mais le juste ciel a voulu qu'enfin je brisasse mes fers : cette main s'est rougie du sang de nos féroces ennemis ; et plus d'un Blanc, de ces hommes qui se croient des dieux, et nous regardent comme des bêtes, a mordu la poussière sous mes coups. Mes aventures sont cruelles, inouïes ; leur souvenir m'oppresse ; dispensez-moi de vous les dire : je suis faible, épuisé, hors d'état d'entreprendre ce déplorable récit : mais donnez-moi l'hospitalité en attendant que j'aille rejoindre mes proches ; alors je vous raconterai l'histoire de mes maux ; peut-être elle touchera vos cœurs. Dites-moi seulement où je suis, qui vous êtes, et si un long espace de chemin me sépare des lieux où j'ai pris ma naissance.

Ils lui apprirent alors qu'il était chez les Jalofes,[2] près de l'embouchure du Sénégal, et distant du pays des Biafares de plus de quarante journées de chemin. — Restez donc parmi nous, lui dirent-ils, car nous sommes impatients d'écouter vos malheurs. Nous vous mènerons demain à notre habitation ; nous assemblerons nos vieillards, nos femmes et nos enfants, afin qu'ils vous entendent, et qu'ils sachent comment les hommes d'Europe traitent ceux d'avec qui la nature ne les a distingués que par une peau blanche et moins de vertus.

Ils le firent donc reposer auprès du feu ; car, dès qu'il eut appris qu'ils attendaient leurs ennemis, tout épuisé qu'il était, il voulait aussi combattre : mais la nuit se passa sans que l'on vît rien ; et vers le matin, d'autres guerriers étant venus prendre leur place, ils retournèrent avec lui au hameau.

À la vue de ces huttes formées de branches d'arbres et d'un jonc grossier, de ces bois qui les protègent de leur ombre ; de ce paysage touchant et paisible qui lui retrace les lieux où, dans l'innocence et la paix, s'éleva son enfance, Aza ne peut retenir ses larmes. Le bruit de sa venue l'avait précédé au hameau ; les femmes et les enfants se hâtent à sa rencontre ; les jeunes filles plus timides se tiennent un peu à l'écart, tandis que les vieillards l'attendent assis devant le bentaba,*

[1] Biafrais. (*Note de l'éditeur*)

[2] Wolof. (*Note de l'éditeur*)

* Case d'assemblée.

dont le toit soutenu par les troncs du palmier, est encore recouvert de ses feuilles. Les chefs le font asseoir près d'eux sur la même natte, et lui donnent le salut des hôtes, pendant que les femmes préparent et servent dans des vases de calebasse, le vin de palmier, seule liqueur que l'on connaisse dans cette vallée, où l'esprit ardent que les Européens extraient du jus de la vigne, est ignoré. Cette peuplade vit encore dans sa simplicité première ; ni le luxe, ni les faux besoins que se sont fait les tribus voisines, n'ont pénétré jusqu'à elle.

Cependant on apprête le festin de l'hospitalité ; une amitié fraternelle y appelle les convives ; la frugalité en fait les frais ; du couscou, des viandes rôties sous des pierres brûlantes, du miel et du lait, des fruits rafraîchissants et des noix de cocos, dont la pulpe savoureuse et le lait parfumé apaisent également la faim, et étanchent la soif, y remplacent cette multitude de mets qui surchargent nos tables. Mais tandis que les vieillards et les hommes qui ont atteint l'âge mûr, prolongent le repas conversant d'objets sérieux et graves, les jeunes filles et les jeunes garçons se lèvent ; et pendant que le soleil se montre encore au-dessus de la ligne lointaine qui termine l'horizon de la mer embrasée de mille feux, ils vont sous un bosquet voisin, où les calebassiers, les tamarins, les palmistes entretiennent une verdure continuelle, commencer, au son du babola, une danse qui fait leurs délices. Placés tous en rond, et formant un vaste cercle, d'abord ils ne font que lever les pieds pour en frapper la terre en cadence, tenant le corps à demi courbé les uns vers les autres ; puis, s'animant à la voix du chanteur que le babola accompagne, ils s'ébranlent tournant tous en rond et pirouettant en même temps sur eux-mêmes comme des sphères ; enfin ils se joignent, entrelacent leurs bras avec des gestes passionnés, et suivent les mouvements du joueur, qui, par une cadence plus pressée, leur prescrit des pas vifs et rapides. Bientôt les hommes s'approchent ; ils mêlent leurs voix graves et lentes aux sons érotiques des voix féminines, et répètent en chœur des refrains où l'amour et les premières affections de la nature sont naïvement retracées. On entraîne Aza vers ce théâtre d'une joie pure. Une jeune fille l'engage à danser avec elle. Une simple pagne tissue d'une herbe longue et fine, compose tout son vêtement ; mais son innocence la voile assez. Ses jolis bras, son sein, ne sont point couverts de ces bracelets, de ces colliers de grains de verre qu'apportent les Européens aux autres peuplades. Sa grâce, sa modestie, son ingénuité surpassent ses charmes. Une pudeur native la rend honteuse et timide, et si sa mère ne lui ordonnait d'inviter l'étranger, elle n'oserait, la première, adresser la parole à un homme. Cependant Aza refuse son invitation.

— Filles du Niger, dit-il alors en haussant la voix (car les autres jeunes filles avaient suspendu leur danse, attendant qu'il vînt s'y mêler), souffrez que je me retire, et livrez-vous à vos innocents plaisirs, sans vous inquiéter d'un malheureux étranger. Le spectacle que vous offrez à mes yeux, déchire mon âme par les plus amers souvenirs. J'ai aimé comme vous. Narina, la plus belle des filles Biafares, avait enchaîné mon cœur. Ce fut dans une de ces danses que je la vis pour la première fois : elle ne dédaigna pas mon amour, et bientôt nous devions nous unir, lorsqu'elle fut enlevée et enchaînée sur le même vaisseau qui me portait. Le Blanc qui le commandait ne fut sensible à sa beauté, que pour lui faire endurer le dernier outrage. L'infortunée au désespoir, ne pouvant plus supporter ma vue ni la vie, s'échappant du lit de son infâme ravisseur, se précipita, pendant la nuit, dans les flots. Je voulus mourir après elle ; mais le fer mal acéré dont je me frappai, trahit ma fureur, et me laissa vivre pour souffrir mille morts. Depuis ce temps, j'ai juré que jamais je ne participerais à ces fêtes, qui me rappellent tous mes maux. Laissez-moi donc, et n'exigez pas que je viole mon serment. Il dit, et ces jeunes filles, touchées de ses pleurs, ne voulurent plus continuer leurs jeux ; mais attendries par ce triste récit, elles l'environnent et le prient de continuer l'histoire de ses malheurs. On se retire donc sous une vaste case ; car le soir approchait, et déjà un vent frais balançait les têtes élevées des arbres. Chacun se place ; les femmes devant, les hommes derrière elles, tandis qu'Aza, debout au centre, près du feu qui brûle toujours dans le foyer, attend que le silence succède à ce murmure confus qu'on entend partout où beaucoup d'hommes se trouvent tout à coup rassemblés.

Là, après s'être recueilli un moment, il commença son récit en ces mots : — Après une marche de plus de cinquante lieues dans les sables, mes compagnons d'infortune et moi nous étions arrivés à Appollonie,[1] où des vaisseaux anglais nous attendaient pour nous transporter dans les divers lieux de notre destination : d'autres bandes venaient encore de plus loin : quelques-unes des extrémités les plus reculées des contrées qui sont à l'orient. Tous étaient épuisés de fatigue, couverts de poussière et de sueur, les pieds enflés et sanglants ; car il fallait marcher dans des sables brûlants comme des charbons de feu, recevoir sur la tête les rayons continuels du soleil, sans pouvoir trouver d'ombre, et porter encore les provisions nécessaires pour

---

[1] Fort Apollonia au Cap Apollonia (Benyin). (*Note de l'éditeur*)

traverser ces solitudes arides, où l'on ne rencontre ni herbe ni eau. Pour nous empêcher de fuir, ceux qui conduisaient les bandes nous avaient passé dans le col une fourche attachée derrière la tête avec une cheville de fer, et qui par-devant, s'étendant à sept ou huit pieds, empêchait toute espèce de mouvement quand nous étions séparés ; car, lorsqu'on chemine, le bout de cette pièce de bois, aussi pesante qu'incommode, porte sur l'épaule de celui qui marche devant, et ainsi dans toute la longueur de la file. On nous faisait avancer en silence. Si quelques-uns voulaient crier, on leur mettait un bâillon dans la bouche, et l'on ne voyait guères de bandes où il n'y en eût plusieurs muselés de la sorte, comme si c'eût été des bêtes ; car la plainte même est défendue. Pendant le temps destiné au sommeil, les guides nous attachaient les mains sur la fourche, et nous laissaient exposés, sur la terre humide, aux morsures des insectes qui nous dévoraient impunément. Nous vîmes arriver ainsi plusieurs centaines de malheureux destinés à être vendus avec nous. Dans quelques bandes, on portait des enfants liés dans des sacs, pour les empêcher de voir leurs mères, et d'en être vus. Nous restâmes plusieurs semaines sur le bord de la mer, avant d'être embarqués, parce que beaucoup de matelots des vaisseaux qui devaient nous porter, étaient malades. Peu accoutumés aux alternatives de la chaleur des jours et du froid des nuits, l'eau de la mer, jaune et couverte de l'huile corrompue des baleines jetées à la côte, leur était encore funeste. Ils ne peuvent s'y baigner sans danger, et la rosée qui s'attache pendant la nuit à l'herbe longue et épaisse qui couvre nos rivages, est pour eux une espèce de poison. La moitié de ceux qui séjournent dans ce climat brillant y périssent ; comme si le ciel voulait punir, par un châtiment anticipé, la soif sordide du gain qui les y amène. On attendait aussi d'autres esclaves qui devaient compléter notre nombre. Ils arrivèrent enfin, et on nous embarqua. Malades ou sains, il fallut partir. La terreur régnait parmi nous. On croyait que les Européens ne nous emmenaient que pour se nourrir de notre chair et boire notre sang. Plusieurs moururent de désespoir, quand il fallut quitter terre.

À cet endroit du récit d'Aza, il s'éleva dans l'assemblée un bruit, confus de gémissements et d'exclamations plaintives : leurs larmes s'étaient fait un passage, et mouillaient leurs joues au récit des maux de leurs frères. Pour lui, l'œil sec et l'indignation déjà peinte sur le front : — Ne gémissez point, leur dit-il, il n'est pas temps encore ; d'autres maux nous attendaient, plus dignes de vos pleurs. Vous ne connaissez pas, poursuivit-il, les vaisseaux d'Europe. Leur grandeur est immense. Si l'un d'eux se plaçait en travers dans la grande rivière qui coule près de cette habitation, ses deux bouts toucheraient l'un et l'autre rivage. Cette case entière n'occuperait pas la moitié de l'espace où l'on nous enferma. Mais comme si l'on abaissait ce toit à la hauteur d'un homme assis, autant ce lieu est vaste dans sa longueur, autant est-il bas et étouffé. Un homme ne saurait s'y tenir debout, ni marcher autrement que tout courbé : ce fut là qu'on nous mit, les hommes d'un côté, les femmes de l'autre, côte à côte, étendus sur le plancher, et formant dans toute la longueur, deux rangs, dont les pieds, opposés les uns aux autres, se seraient touchés, si un espace qui servait de passage entre eux, ne les eût séparés, par un étroit intervalle. Chaque rang formait une chaîne ; car, lié par la main à la main de mon voisin de la gauche, je l'étais par le pied droit à celui de la droite, et tous étaient enchaînés de même. Ainsi nul mouvement particulier n'était possible, et l'usage d'une main seule nous était laissé pour satisfaire à nos besoins. À peine avions-nous passé dix jours en mer, que des maladies contagieuses se déclarèrent : une affreuse infection remplit bientôt cette fosse obscure et profonde : depuis ce moment, jusqu'à celui où nous abordâmes l'autre terre, les maladies et la mort ne cessèrent de nous accompagner. Au milieu de ces horreurs les Blancs se livraient à tous les excès de la plus honteuse débauche. Ivres de leurs breuvages, ils forçaient nos femmes désolées à recevoir leurs horribles embrassements. Je vis celle que j'aimais évanouie, expirante, succomber sous les attentats d'un monstre, et périr pour ne pas survivre à sa pudicité violée. Je vous l'ai dit, je voulus mourir, je ne pus. Un homme déjà mûri par l'âge, était enchaîné près de moi. Presque seul de tous nos compagnons d'infortune, il gardait le silence ; il subissait son sort sans se plaindre. Il vit mon désespoir et mes efforts impuissants ; il m'exhorta à vivre, et me consola. — Pourquoi veux-tu périr, jeune homme ? me dit-il. Pourquoi un Biafare manque-t-il de courage pour supporter ses malheurs ? Es-tu donc le seul infortuné ? Regarde-moi : j'avais une femme chérie, deux enfants déjà hommes, et trois filles prêtes à recevoir des époux. Et bien, mes deux fils ont péri à côté de moi, dans le combat où j'ai été fait prisonnier ; ma femme s'est tuée de désespoir, mes filles ont été vendues, et jamais je ne les reverrai. Ainsi, moi, malheureux père, environné, il n'y a que peu de temps, d'une famille nombreuse, je suis maintenant seul sur la terre, et pourtant vois-tu que je m'épuise en plaintes et en regrets ? Tout homme n'est-il pas l'esclave de la nécessité ? Et ce peuple féroce même qui nous enchaîne pour son service, crois-tu qu'il en soit exempt ? N'as-tu pas vu la maladie l'atteindre comme nous, et nos rivages couverts de leurs morts ? Puisque l'infortune et la douleur sont le partage de tout homme, qu'importe la dose de nos maux ? Celui qui a beaucoup enduré, celui qui a peu souffert, se trouvent égaux au moment qui finit tout ! Et ne vois-tu pas que, parmi ces Blancs qui se disent si supérieurs à nous, celui qui fait souffrir est aussi celui qu'ils estiment et admirent le plus ? Ah ! quiconque l'ignore et dit qu'il est homme, profère un lâche mensonge. Ce discours me rappela à moi-même. En plaignant les maux de ce vieillard courageux, je sentis diminuer la violence des miens. Je consentis à vivre. Que sais-je, me disais-je quelquefois, si la vengeance dort pour toujours, et si le ciel, une fois juste, ne s'éveillera pas pour punir ces hommes pervers et cruels ? Ainsi j'achevai cette traversée fatale. Je sortis de mon cachot pour revoir la lumière ; je descendis sur cette terre, que des milliers de nos infortunés compatriotes ont renouvelée, en y laissant, avant le temps, leur dépouille, où le fer ne peut ouvrir un sillon sans heurter des ossements.*

Comment dirai-je l'attention profonde des Jalofes effrayés à la vue de ce triste tableau, et leur terreur muette, et leur inquiète attente ? — Je fus livré, poursuivit Aza, à celui que je devais servir. On m'imprima sur le bras, avec un fer rouge, le nom de mon maître, et je fus envoyé, avec les autres Nègres, pour commencer ma tâche. Ils me reçurent avec tendresse et pitié, me demandèrent des nouvelles de notre patrie commune, me parlèrent de leurs maux, auxquels j'allais être associé. Un homme demi-blanc exerçait sur eux un suprême empire ; un long fouet était toujours sur son épaule, et le même jour que j'arrivai, je vis étendre et attacher sur la terre un malheureux Noir, et ce bourreau déchirer son corps de mille coups. Tandis que le fouet taillait en pièces son dos déchiqueté, et en faisait sauter la chair et le sang, un autre bourreau lui portait à chaque instant sur les lèvres un tison ardent, pour empêcher que l'esclave désespéré, par l'excès des tortures, n'avalât sa langue et ne finît ainsi sa vie et son supplice. Quand on eut délié ce misérable presque expirant, on

---

* Au temps où Raynal écrivait, on comptait 9 millions de Nègres morts en Amérique depuis à peine deux siècles. Ajoutez à ce nombre, ceux qui ont péri depuis, la foule de ceux que l'on jette à la mer pendant les traversées, qui meurent dans les terres pour gagner les divers marchés ; ceux enfin qui périssent dans les combats, vainqueurs et vaincus, et supputez cette effrayante liste ! Voilà pourtant ce que M. Aubert Dubayet appelle « une fraction de l'humanité » ! Il est vrai qu'il appelle aussi vingt ou trente mille colons « le grand tout ».

appliqua sur ses plaies du sel mêlé avec une liqueur âcre et corrosive, qui lui rendit le sentiment en renouvelant ses douleurs. Ce spectacle me glaça d'effroi. Une faute légère, involontaire même, avait attiré à ce malheureux ce châtiment terrible. Dans un autre lieu, je vis une cage de fer, où l'on avait enfermé les têtes, les mains et les pieds de plusieurs Noirs qui s'étaient tués de désespoir. Le maître, par une raillerie cruelle, insultant à la crédulité de ces malheureux, qui croyaient pouvoir retourner ainsi dans leur patrie, montrait, par ce spectacle, à ceux qui survivaient, que ce moyen même ne pouvait les affranchir de sa domination, et qu'il avait trouvé le secret cruel de prolonger leur esclavage, même après la mort.

Attentif à mon travail, et tremblant à la seule idée de ces affreux traitements, je m'épuisais pendant le jour, et durant la nuit, couché sur un amas de branches d'arbres, une pierre pour chevet, je mouillais la terre de mes pleurs. La culture des caféiers sur les montagnes, des cannes dans les plaines, et mille autres travaux, m'occupèrent pendant un grand nombre d'années. Aujourd'hui, exposé au froid sur les mornes, le lendemain brûlé par le soleil dans les savanes ; tantôt auprès des fourneaux ardents pour cuire le sucre, ou exposé aux vapeurs malfaisantes des fosses d'indigo, je n'avais pour toute nourriture qu'un peu de cassave, et de temps en temps quelques morceaux d'une viande salée, le plus souvent corrompue ; car le maître que je servais était avare et dur. Un Marabout européen venait fréquemment nous entretenir ; il voulait nous prouver que nous étions heureux, et que nous irions après la mort je ne sais où, dans un lieu où son Dieu, qui est celui des Blancs, nous attendait, disait-il pour nous combler de biens. Je ne pouvais croire que le Dieu d'une race d'hommes si méchants, pût être bon ; et pour me soutenir contre le sentiment de mes maux, je me rappelais les discours de mon vieux compatriote, que j'avais vu mourir après quelques années d'esclavage, avec une fermeté digne de ses leçons. Ainsi j'endurais mon malheur avec patience ; et telle était mon exactitude, que jamais je n'avais été puni. Cependant, une faute grave ayant été commise sans qu'on sût par quel esclave, le silence forcé de ses compagnons fut pris pour un indice de complicité, et le maître ordonna que tous subiraient la peine du coupable. Je fus enveloppé dans ce châtiment, et puni pour une faute à laquelle je n'avais point participé. En même temps, il leur montrait sur son dos et ses bras dépouillés les cicatrices des coups de fouet dont il avait été déchiré. À la vue de ces horribles stigmates de l'esclavage, les Jalofes indignés, frissonnaient d'horreur et de colère. — Les Européens, continua-t-il, oubliant la justice pour leur intérêt propre, croient cette rigueur nécessaire, afin d'enchaîner les malheureux Noirs par le frein de la terreur ; sans songer que ce sont eux-mêmes qui d'abord établissent la nécessité dont ils font ensuite leur excuse. Incapables, par leur mollesse, de cultiver cette terre aride, de supporter le poids des jours, et l'inclémence d'un ciel brûlant ; d'un autre côté, regardant comme des choses indispensables à la vie, les inutiles produits de quelques plantes dont ils expriment le suc, pour rehausser le goût de leurs mets, pour teindre leurs étoffes, pour donner plus de chaleur à leur sang, ils se sont persuadés que ce qu'ils ne peuvent faire, nous le devons ; et comme si le ciel même eût dicté l'arrêt de cette proscription fatale qu'ils étendent sur notre malheureuse race, ils consacrent la plus absurde injustice, comme une loi de l'éternelle équité. Cette atroce barbarie, cette peine imméritée, infligée de sang-froid, sans que ni les larmes, ni les supplications pussent toucher un inflexible despote, me firent prendre la résolution de me dérober par la fuite à sa puissance. J'avais appris que plusieurs Noirs ainsi échappés, vivaient libres au sein des montagnes ; mais sachant que cette désertion était cruellement punie, je déterminai de ne rien hâter, afin de choisir une occasion sûre.

Un soir que, tout occupé de tristes pensées, je traversais des bois qui séparaient notre habitation d'une caféterie où j'étais allé faire un message pour mon maître, qui se fiait plus à moi qu'à mes compagnons, comme je passais dans un endroit plus obscur que le reste de la forêt, je crus apercevoir à quelques pas une lueur blanchâtre qui disparut aussitôt. J'avais vu, du haut du morne, la lune se coucher dans la mer : ainsi ce ne pouvait être sa lumière réfléchie sur quelque objet voisin. Je fus saisi d'une frayeur soudaine. En même temps un vent aigu et sifflant se fit entendre dans les arbres, sans qu'ils parussent agités, et semblait se mêler à de sourds gémissements. Mes jambes tremblaient sous mes genoux chancelants ; j'avançais avec peine, lorsque à travers l'obscurité, j'entrevis près de moi les poteaux d'un gibet où quelques cadavres étaient encore suspendus. Tout à coup la même lueur reparaît à mes yeux ; en un instant, elle s'augmente et me montre le fantôme d'un homme enveloppé de linceuls. Je tombai à genoux sans voix et sans mouvement. La terreur avait glacé mes sens : — Ne crains rien, me dit l'ombre, je suis ton père : j'ai été amené ici quelques années après toi : j'ai voulu sortir d'esclavage ; je ne l'ai pu : repris par les Blancs, j'ai été pendu à ce gibet. Bientôt tu seras libre, poursuivit-il ; je te recommande ma vengeance : adieu, souviens-toi de Farbana.

En achevant ces mots, il s'abîma dans la terre, et me laissa saisi d'horreur et d'épouvante. Je retournai à l'habitation, et ne dis rien à personne de ce que j'avais vu. Je redoublai de patience et de courage ; la colère fermentait en silence, dans mon sein oppressé ; et s'il s'en échappait quelque soupir, si mes larmes mal contenues s'ouvraient un passage, je ne pleurais plus sur moi, c'était sur mon malheureux père. L'occasion de fuir se présenta bientôt après.

Je me reposais un jour vers midi, dans ma hutte, quand je me sentis tout à coup secouer avec force, comme si quelqu'un m'eût éveillé. Je regarde ; surpris de ne voir personne, je me lève, et j'aperçois avec frayeur le plancher qui se soulevait. Au même instant, des cris multipliés frappent mon oreille. Je m'élance hors de la hutte ; je vois les Noirs, les Blancs mêlés ensemble ; les uns fuyaient, les autres étaient à genoux, les mains tendues vers le ciel. Pendant que je contemplais ce spectacle, immobile de saisissement, la terre se dérobait sous mes pieds ; elle tremblait, comme si une main invisible l'eût ébranlée jusque dans ses fondements.[1] Les maisons, les huttes chancellent et croulent par la force de la secousse, et près de moi un puits très profond vomit tout à coup l'eau par sa bouche. La terre, fendue de toutes parts, livre passage à l'eau, qui monte par mille ouvertures à la fois, et inonde ce qui n'a pas été englouti. En fuyant, je franchis des fentes où des hommes et des femmes étaient pris et étouffés : là, des jambes et des bras sortaient de la terre ; ailleurs, on ne voyait que les têtes déjà couvertes de la pâleur de la mort. Cependant, quoiqu'on ne sentît pas un souffle de vent, le ciel, un instant avant clair et serein, devint sombre et menaçant, comme si une cendre épaisse l'eût obscurci : on apercevait seulement quelques nuages rouges semblables à des flocons de feu épars qui avançaient lentement dans l'obscurité profonde, et ajoutaient encore à l'horreur de cette scène épouvantable. Je vis une chose prodigieuse : la mer s'enfuit à une distance immense, laissant à sec ses rivages ; tout à coup elle accourut avec une impétuosité terrible, et porta, par un prodige étrange, sur le toit d'une maison affaissée, un vaisseau qu'elle y laissa suspendu. On entendait des bruits affreux et intérieurs, comme si le tonnerre eût grondé dans le sein de la terre : les rivières étaient débordées, et la mort poursuivait partout les hommes, sur leur demeure ébranlée. La terre étant devenue un peu tranquille, je

---

[1] Moreau de Saint-Méry rapporte, dans sa *Description de Saint-Domingue*, qu'une très forte secousse est survenue le 10 mai 1788, à deux heures du matin. (*Note de l'éditeur*)

cherchai mes compagnons ; je n'en rencontrai aucun ; j'imaginai que beaucoup auraient péri : cette pensée m'inspira de fuir, dans l'idée qu'on me supposerait aussi abîmé. Je partis à l'instant même, et gagnant les bois pour attendre la nuit, je m'éloignai de l'habitation de toute ma vitesse, éprouvant, au milieu de ces horreurs, une secrète joie, et emportant l'espoir de la liberté, à côté de la crainte de la mort. Quand la nuit fut venue, je me remis en marche ; vers le matin, je commençai à atteindre les premières hauteurs. Plusieurs Marrons en descendaient glacés d'épouvante ; ils venaient reprendre leurs chaînes, et solliciter leur pardon de leurs maîtres. Des parties entières des montagnes, à ce qu'ils m'apprirent, s'étaient abîmées ; ce que me confirmaient les bruits qui s'étaient fait entendre durant toute la nuit. Mais ma résolution était inébranlable, et la liberté m'entrainait vers les seuls lieux où elle pût trouver un asile. N'ayant pu les déterminer à retourner, je poursuivis seul mon chemin. Mais au moment où je touchais ces retraites désirées, je serais mort de faim, dépourvu de toute espèce de provisions, si le hasard ne m'eût offert quelques poissons restés à sec dans le lit d'un marigot[1] que ses eaux avaient abandonnés. Délivré de la crainte d'être poursuivi, je m'arrêtai sous des arbres : je fis du feu et grillai mes poissons. Après avoir apaisé la faim qui me pressait, et réparé mes forces par un peu de repos, je m'enfonçai dans les gorges des montagnes. Quoique la nuit fût passée, le ciel était toujours sombre ; la mer qu'on voyait dans le lointain n'offrait pas un aspect moins triste : il pleuvait dans la montagne, où un bruit lugubre et sourd ne cessait de se faire entendre. Je marchais au milieu des débris d'une terre bouleversée : je rencontrais à chaque pas des rochers qui en roulant du haut des sommets, avaient écrasé et déraciné les arbres ; je côtoyais des précipices nouveaux : en plusieurs endroits, je fus contraint de passer à la nage des lacs formés par les eaux des rivières arrêtées dans leur cours. Avant d'arriver à la demeure des Marrons, il fallait encore franchir une montagne nue et stérile, toute couverte de cendres blanches, et de roches brûlées. La terre crevassée, laissait exhaler une vapeur, au milieu de laquelle je marchais, non sans danger d'en être suffoqué. Les pierres étaient brûlantes ; leurs inégalités me déchiraient les pieds ; et les flancs de la montagne, quand je la frappais, retentissaient comme les monticules où nos termites établissent leurs habitations souterraines. Une eau

---

[1] Nom donné, dans les îles et sur la côte d'Afrique, des lieux bas où les eaux de pluie s'assemblent et se conservent. (*Note de l'éditeur*)

noire et chaude se rassemblait dans les creux ; et loin de moi, sur ma droite, la montagne s'élevant toujours, vomissait, par un large trou, une épaisse fumée d'où sortaient des milliers d'étincelles. On ne voit ni herbe ni arbres sur cette montagne, presque toujours environnée de nuages. Je mis près d'un jour à la traverser, et n'arrivai que le soir aux premières cabanes des Marrons. Je trouvai des hommes intrépides, accoutumés à toutes les fatigues, aguerris à tous les dangers. La liberté est le dieu qu'ils adorent, et leurs affreuses retraites, où les Blancs ne sauraient les suivre, leur offrent du moins l'image d'une patrie qu'ils ne doivent plus revoir. Ils me reçurent avec joie. Je me bâtis une cabane ; et comme eux, je vécus de ma chasse ou de la pêche. J'étais heureux dans ces solitudes : là, plus de travaux excessifs, plus de fouet, plus de gibets ni de tortures, plus de ces odieux dédains, de cette abjection pire même que les supplices. On n'y entend plus cette voix redoutée du Blanc, dont le caprice commande la douleur ou la mort : on y vit libre ; on y meurt content. Souvent du sommet des montagnes, nous contemplions ces mêmes plaines cultivées par nos mains. Nous voyions la fumée des habitations ; nous suivions des yeux cette longue chaîne d'îles, dans lesquelles nos malheureux frères languissent enchaînés sous un joug affreux. « C'est en ce moment, nous disions-nous, qu'on va couper les cannes ; demain il faudra aller dans la forêt chercher du bois : hélas ! combien de Noirs en cet instant même sont peut-être déchirés sous le fouet du commandeur impitoyable ! » Ces réflexions nous rendaient le sentiment de notre liberté plus vif, et nous nous embrassions avec un saisissement mêlé de douleur et de joie. Quelquefois, quand l'air était pur, nos regards tournés vers l'occident, allaient atteindre le continent dont les Européens ont aussi plus d'une fois enlevé les habitants, pour les réduire en servitude, où l'on vit un d'entre eux, monstre de barbarie et d'ingratitude, vendre et livrer à l'esclavage, une jeune fille qui lui avait sauvé la vie et prodigué toutes les tendresses de l'amour.[1] De l'autre côté, notre vue se perdait sur la mer immense : C'est là, disions-nous, qu'est notre patrie ; là, nos parents et nos amis assis dans un

---

[1] Allusion à la célèbre histoire censément authentique rapportée par Richard Ligon dans *A True and Exact History of the Island of Barbadoes* (1657), avant d'être reprise par Richard Steele dans *The Spectator* (1711), d'un marchand anglais du nom de Thomas Inkle qui, ayant fait naufrage dans les Antilles, est sauvé d'une mort assurée aux mains d'une tribu indienne grâce à une Indienne du nom de Yarico dont il devient l'amant. Une fois revenu à la civilisation, Inkle s'empresse de vendre en esclavage Yarico enceinte de lui pour recouvrer ses pertes financières. *(Note de l'éditeur)*

doux repos à l'ombre des bosquets touffus, s'entretiennent pendant la chaleur du jour, et nous mêlent à leurs souvenirs. Peut-être en ce moment ils combattent pour repousser leurs ennemis. Là, les filles qui habitent les bords du Niger et les vallées verdoyantes de Tombaoura, fêtent, par des danses et des concerts, le jour où quelques-unes d'entre elles vont devenir épouses et mères. Si nous apercevions un vaisseau cinglant vers l'île, nous frissonnions en songeant que peut-être il portait quelqu'un de nos parents ou de nos amis. Ainsi nous parlions sans cesse de notre patrie, et nos yeux tournés vers elle, se remplissaient de larmes. Qui m'eût dit alors que je la reverrais un jour, que j'embrasserais cette terre sacrée, et qu'un bienfait inespéré du ciel me rendrait à mes amis ? En disant ces mots, Aza pleurait encore, et tout ce peuple qui l'entourait, n'était pas moins touché que lui ; car ce n'était point là de ces histoires étrangères à ceux qui les entendent, ni de ces fictions que l'imagination crée pour amuser l'esprit : tout en était vrai, et la peinture d'un sort, qui peut-être attendait une partie d'entre eux, mêlait à la douleur qu'excite la pitié pour les maux d'autrui, une inquiète émotion tournée sur eux-mêmes. Ils soupiraient et s'entre-regardaient avec un étonnement muet, lorsque Aza poursuivit ainsi son discours :

— Je vécus près de trois ans dans les montagnes ; au bout de ce temps, quelques Marrons montèrent de la plaine, et nous apprirent que les Noirs avaient secoué le joug dans l'île. Ils nous racontèrent que parmi les nations d'outremer qui nous transportent en esclavage, il en était une humaine et généreuse qui avait voulu rendre à la société, à l'exercice de ses droits, ceux du moins d'entre les enfants des Noirs, qui avaient déjà racheté leur liberté, et qu'un préjugé barbare empêchait d'y participer ; car cette nation puissante et fière, venait elle-même de briser les fers que lui imposaient ses tyrans, et s'empressait d'associer l'univers au bienfait de sa liberté naissante. Mais les Blancs d'en deçà de la mer, refusèrent d'exécuter ces lois justes, et redoublèrent de sévérité contre les Noirs, qui ne purent enfin supporter cet intolérable surcroît d'oppression. Ils venaient donc, au nom de nos frères, nous solliciter de nous joindre à eux. Cependant plusieurs d'entre nous hésitaient. Libres dans nos rochers, nous pardonnions à nos anciens ennemis tous les maux qu'ils nous avaient faits, et nous avions quelque répugnance à aller tremper nos mains dans leur sang, pour des injures dont le souvenir était déjà loin de nous.

33

Il y avait parmi les Marrons un vieillard respecté de tous, et qui leur servait de chef. Amené dès sa jeunesse du pays des belliqueux Ayos à Mina, il fut vendu et conduit en esclavage : mais indocile au joug comme tous les Noirs de ce canton, il ne put vivre longtemps dans une condition qui lui semblait plus affreuse que la mort. Sa fermeté était inébranlable ; et tel était son courage, que, condamné au ministère de bourreau, il aima mieux se couper la main d'un coup de hache, que de s'en servir, pour égorger un de ses frères. Bientôt il s'échappa, et vint aux montagnes où cette mutilation honorable lui fit déférer l'autorité. Nous convînmes donc de nous réunir vers le soir à la caverne qu'il habitait depuis quarante ans. Nous le trouvâmes avec un gros[1] de Noirs qui s'y étaient déjà rendus. Assemblés sur une espèce de plate-forme voisine, d'où l'œil, planant par-dessus les montagnes, domine toute l'île, ils contemplaient le spectacle qu'offrait la plaine déjà couverte des ténèbres de la nuit. Mille feux en bannissaient l'obscurité. Les maisons des maîtres, les ateliers, les cases des esclaves, les champs entiers de cannes, les caféteries, étaient en proie aux flammes dévorantes. La lueur de cet incendie éclairait tristement les mornes et les tourbillons de fumée qui, montant vers le ciel, allaient se confondre avec les nuages. Nous gardions un profond silence. Le vent qui soufflait de la mer nous apportait de temps en temps des bruits confus de cris et de gémissements. On entendait aussi le fracas des décharges d'artillerie ; et le tumulte de ces combats dont nous ignorions l'issue, nous tenait dans une suspension cruelle. Cependant, les Marrons arrivaient de toutes les parties de la montagne. Quand ils furent rassemblés, le vieux Natacou nous parla ainsi : — Compagnons et amis, car, quand une même terre ne nous aurait pas vu naître, les malheureux et les opprimés ne font qu'une famille, vous voyez cette scène de vengeance et d'horreur : vos cœurs en frémissent, et votre pitié s'étend dans ce moment non seulement sur nos compatriotes, mais même sur ceux que poursuit leur fureur : car la colère, comme une eau qui renverse le rocher opposé à son cours, ne connaît plus de bornes, et il est aussi dangereux d'être sur le passage d'un homme irrité, que sur celui d'un taureau furieux. L'humanité plus forte dans vos cœurs que le souvenir des vieilles injures que vous avez reçues, vous dit que tous les hommes sont frères, et qu'il est plus beau de pardonner que d'assouvir sa vengeance. Mais le temps n'a pas calmé ainsi les ressentiments de nos malheureux compagnons.

---

[1] « Un gros » : une grande troupe. *(Note de l'éditeur)*

Dans le premier moment de leur fureur, ils seront comme des lions : allez donc, et descendez avec eux, non pour participer au carnage d'un ennemi commun, mais pour tarir ces ruisseaux de sang qui abreuvent la terre ; allez : s'il est des périls qu'il faille courir, je connais votre courage ; je sais que celui qui ose affronter sous les flots les monstres de l'Océan, ne craint pas la mort : mais souvenez-vous de la paix : donnez aux Blancs l'exemple de l'humanité qu'ils refusent de pratiquer envers nous : c'est aux hommes libres à montrer des vertus que ne connaissent ni les tyrans ni les esclaves.

Ainsi, nous descendîmes vers les vallées, et avant que la fin du second jour fût venue, nous avions joint nos compagnons. Nous les trouvâmes bien armés, pleins de résolution et de valeur ; mais les voyant désunis, et ne reconnaissant point l'autorité des chefs, nous prévîmes ce qui arriva bientôt. Cependant la certitude de la défaite ne nous empêcha pas de rester avec eux : puisque nous avions embrassé leur fortune, il ne nous était plus permis de nous en séparer, et une même destinée devait nous échoir à tous. Que vous dirai-je ? Après quelques mois de travaux sans relâche et de marches continuelles ; après avoir combattu avec une intrépidité digne d'un meilleur sort, la victoire, comme il arrive toujours, demeura enfin aux plus habiles. Nous fûmes enveloppés de toutes parts, et forcés, faute de vivres, de nous rendre à discrétion : alors commencèrent les tortures et les supplices, alors commença aussi pour nous l'exercice d'une autre espèce de courage. Il ne se démentit pas dans les souffrances les plus affreuses, et tous ceux qui périrent égorgés de sang-froid, moururent sans montrer de faiblesse, Enfin, les exécutions cessèrent faute de cordes et par la lassitude des bourreaux. Le sort qui choisissait les victimes, m'avait épargné : je fus destiné à un esclavage plus dur que celui que j'avais déjà fui une fois. Pour cela, on résolut de nous transporter dans une île lointaine, sous un climat affreux, où la rigueur du ciel devait bientôt nous faire périr. On voulait du moins disperser ceux qui restaient de l'insurrection, n'ayant pu les exterminer tous. On me mit donc avec quatre de mes compagnons à bord d'un vaisseau de guerre espagnol sur lequel étaient déjà sept Indiens enlevés par force de leur pays. Ils ne respiraient que fureur ; mais au milieu de cinq cents hommes armés, que pouvait une poignée d'hommes sans armes ? Je partageais le sentiment de leur rage impuissante. Les discours de Natacou n'étaient plus présents à ma pensée : les affreux supplices dans lesquels j'avais vu expirer mes amis ulcéraient mon imagination exaltée, et je me reprochais de leur avoir survécu. Les indignes traitements qu'on nous prodiguait comblaient la mesure de notre désespoir : il nous fit prendre une résolution inouïe. Je me fis le chef d'une entreprise qui devait nous conduire tous à la mort, mais du moins en nous vengeant, et dont le récit, si jamais il parvient chez les nations européennes, leur apprendra qu'à elles seules n'a pas été donné le courage. À force de patience et d'adresse, nous parvînmes à nous procurer de ces sortes de poignards dont les Blancs se servent pour couper leurs viandes. Munis de ces instruments, nous fîmes une autre espèce d'arme, dont les Indiens nous indiquèrent l'usage. Les Européens ont dans leurs vaisseaux des machines qui, à l'aide d'un feu subit, lancent des globes de fer d'une pesanteur énorme, avec le bruit et la vitesse du tonnerre. Nous primes chacun un de ces globes, nous le liâmes avec une forte courroie, et pendant quelques nuits, nous nous exerçâmes à manier cette arme dont on se sert en lui imprimant autour de la tête un mouvement de rotation continu et rapide. Nous mûrissions ainsi nos projets en silence, et au milieu de la profonde sécurité de nos ennemis, quand une horrible tempête nous chassant, pendant plus de vingt jours, hors de notre route, nous porta vers ces côtes, sans que pourtant nous en fussions instruits. Peut-être aurions-nous borné nos idées à nous sauver à la nage, mais nous ignorions en quel lieu de la mer était le vaisseau, et l'on nous occupait jour et nuit à vider l'eau qui entrait de toutes parts.

Un soir cependant que nous nous trouvions sur le haut du bâtiment, la mer commençant à s'abaisser, comme je me reposais mourant d'épuisement et de fatigue, un des chefs m'ayant fait un commandement auquel je ne pus satisfaire, il me frappa si cruellement, que je restai pendant quelque temps étendu sans mouvement et tout ensanglanté sur le pont. Cet infâme traitement me décida à accomplir sur-le-champ une vengeance trop longtemps suspendue. Je plaçai mes compagnons, disposés pour le combat, dans les endroits où chacun d'eux devait attendre ou attaquer l'ennemi ; puis approchant de ma bouche le creux de mes mains, à la manière indienne ; je donnai, par un cri effroyable, le signal d'un combat dont l'événement ne fut pas longtemps douteux. En un moment, nous couchâmes sur le pont quarante Espagnols ; le reste, effrayé par nos cris et l'obscurité, se cacha dans l'intérieur du vaisseau. Nous en tuâmes encore quelques-uns ; d'autres se précipitèrent dans la mer ; et nous nous trouvâmes, par une aventure incroyable, maîtres, en moins d'un quart d'heure, du pont d'un vaisseau, de soixante pièces de canon, sans avoir perdu un seul des nôtres, et sans que personne y restât pour nous le disputer :

mais nous ne pûmes conserver cet avantage. Nos ennemis, à l'abri de nos coups, se rallièrent, et bientôt commencèrent à tirer sur nous avec leurs armes à feu, dont nous ne pouvions éviter l'atteinte. Six de nos compagnons ayant été tués, ce qui en restait se jeta à la mer, et je demeurai seul, dédaignant même d'échapper, par une mort volontaire, à une mort plus cruelle, content de m'être vengé, et de jouir du désespoir de l'ennemi en bravant sa rage. Ma résolution l'étonna, mais ne le désarma pas. On m'enferma dans une chambre ; on m'y lia les mains d'une grosse corde, et l'on me laissa attendre le jour qui devait éclairer la lenteur de mon supplice. Il fallait, pour assouvir leur fureur, que je pusse goûter la mort. Je m'étais couché sur le plancher, repassant dans mon souvenir tant de maux endurés, et reposant mes douleurs par l'idée d'une mort prochaine. Il me semblait que j'aurais haï celui qui aurait voulu prolonger encore mes jours ; mais je vis bientôt que je me trompais, et combien l'amour de la vie est puissant sur l'homme, tant qu'il lui est donné de se connaître. Cependant, je m'étais endormi plein d'idées funèbres. En me sentant pousser par un homme que les rayons de la lune introduits dans la chambre me firent apercevoir, je crus que c'était une ombre qui me parlait, et que déjà mort, je m'éveillais dans l'autre monde. Bientôt il me tira d'erreur. — Lève-toi, me dit cet homme, que je reconnus alors pour un jeune officier français passager à bord du vaisseau ; lève-toi, répéta-t-il, et hâte-toi : voici des armes et de quoi soutenir ta vie. Le canot flotte au bas de cette fenêtre ; tu peux y descendre par la corde qui le retient attaché. J'ai admiré ton courage. Si le ciel veut que tu me doives la vie, je suis assez payé. Hâte-toi ; les moments sont chers. En même temps, il me délia, me donna des pistolets et cette épée, posa auprès de moi un pain, et disparut. Ouvrir la fenêtre, glisser par la corde, la couper, fut l'ouvrage d'un moment. Le vent était fort, et la mer encore émue. En une minute, je fus loin du vaisseau. Cependant les rayons de la lune éclairant ceux qui veillaient sur la poupe, me montrèrent à eux au milieu de l'écume dont la course du vaisseau blanchissait les ondes. J'entendis de grands cris et l'on tira sur moi plusieurs coups ; mais la profondeur des vagues me déroba à leur atteinte. Bientôt je perdis de vue le bâtiment, et me trouvai seul dans un frêle esquif au milieu de l'Océan. Là, mes yeux se tournèrent vers le ciel. Puisqu'il m'avait préservé d'une mort inévitable, je crus qu'il ne voulait pas que je périsse, et l'espérance et la joie revinrent dans mon cœur. Je pensais aussi à ce Français mon généreux libérateur, et mes yeux se couvraient de larmes. Le jour vint, et ne me montra aucune terre. Pendant six jours et six nuits, je fus porté par le caprice des flots, Déjà mes espérances commençaient à m'abandonner, déjà je croyais n'être échappé au glaive de l'ennemi, que pour mourir de faim, lorsque hier, au commencement de la nuit, le bruit des vagues qui se brisent sur le rivage, m'avertit que j'étais poussé vers la terre. Je ne fus pas longtemps sans découvrir les montagnes qui bordent la côte. L'impétuosité des flots mit mon canot en pièces sur les rochers : peut-être y aurais-je péri moi-même, si la lueur de votre feu ne m'eût offert un point vers lequel je me dirigeai, et qui guida enfin mes pas vers vous.

Tel fut le récit d'Aza, et il laissa les Jalofes étonnés dans une stupéfaction muette. On eût dit qu'ils avaient tous cédé à ce sentiment qu'inspire l'apparition soudaine d'un objet de terreur et d'effroi, ou bien la nouvelle de quelque aventure désastreuse autant qu'inopinée. Vous auriez cru qu'identifiés avec lui, ils avaient éprouvé ses maux, ressenti ses peines, et que leurs esprits entraînés dans les détails de cette triste narration, eussent besoin d'un long intervalle pour revenir à eux-mêmes, et s'apercevoir que les faits leur en étaient étrangers. Tel un homme plongé dans un rêve profond, éveillé tout à coup, doute encore s'il veille, et poursuit, dans les premiers actes de son réveil, les visions dont son cerveau ne peut éloigner le fantôme. Enfin l'un des vieillards rompant le silence, lui adressa ces paroles : — Ô Jeune homme ! tu as éprouvé de grands malheurs, mais ton courage est encore plus grand. J'admire et j'envie ta destinée. La sagesse est le fruit de l'expérience et du malheur : la tienne surpasse la nôtre, car tu as éprouvé beaucoup de choses, et nous, nous n'avons jamais quitté l'enceinte de ces montagnes. Nos jours se ressemblent tous ; et nos dernières années n'ont rien de différent de celles qui les ont précédées : ainsi nous ne pouvons être aussi sages que toi. Reste donc parmi nous, ô mon fils ; deviens un de nos chefs : j'ai une fille jeune et belle ; épouse-la ; elle t'aimera et te donnera des enfants qui perpétueront parmi nous une race de héros. Qu'iras-tu faire chez les Biafares, où ton père n'est plus, où ta mère et tes autres parents ont peut-être perdu la vie, inconsolables de ton absence ? N'es-tu pas chez des frères, chez des amis ? Il dit, et un concert de voix unanimes s'éleva pour appuyer l'invitation du vieillard : tous environnaient Aza, le pressaient ; un bruit continu d'exclamations suppliantes, de souhaits vivement exprimés, se faisaient entendre dans toute la case, tandis qu'Aza ému, attendri, restait immobile, leur prenait à tous les mains, répondait par ses gestes à leurs prières, jusqu'à ce qu'ayant demandé un peu de silence, il répondit ainsi : — Que je suis touché, mes amis, d'une affection si tendre ! qu'il me serait doux de fixer ma course errante au milieu de vos foyers, si j'étais libre, si ma patrie ne me rappelait pas impérieusement vers elle ! J'espère que mes amis vivent encore, et qu'ils se découvriront à moi, quand je me nommerai ; car, depuis une si longue absence, il n'est pas possible que je sois reconnu d'eux. Mais, ajouta-t-il après un moment de réflexion, il est un moyen de ne pas nous séparer. Écoutez-moi, continua-t-il en étendant la main pour demander une attention plus grande. Parmi les Noirs, que j'ai vus durant mon exil, il en était un venu d'une contrée éloignée, où l'on ne sait ce que c'est que l'esclavage. Ses habitants vivent dans une paix profonde, et n'ont jamais entendu parler des Européens : lui-même, s'il n'eût quitté sa patrie, n'aurait jamais perdu sa liberté ; mais étant venu au pays de Foules, où coule la rivière rouge, il fut pris et vendu avec d'autres captifs. Cette région placée bien loin au-delà du pays des Mandingues* et des Ayos, vers les lieux où se lève le soleil, et tout près des sources du Niger, se nomme Vangara. On n'y peut arriver qu'en traversant de vastes solitudes, en franchissant des montagnes inhabitées d'une hauteur prodigieuse, et remplies de précipices. Une rivière profonde coule au bas de la chaîne, et forme un nouveau rempart qui défend cet heureux pays des invasions de ses voisins, un peuple humain, paisible, hospitalier l'habite. La terre y est riche et féconde ; de nombreux troupeaux errants dans les vallées riantes, fournissent aux besoins de leurs habitants. C'est là que j'ai résolu d'engager mes parents et mes amis à nous réfugier pour fuir les Européens, et mettre entre eux et nous l'immensité de ces déserts. Là du moins nous achèverons ce que la destinée nous laissera de jours dans une douce sécurité. Venez avec nous chercher cette terre ; transportons-y nos fétiches, et ne formons tous, dans cette contrée inaccessible à la guerre, qu'une seule et même famille. Venez : qui vous retiendrait ici, harcelés sans cesse par des voisins avides et cruels, incessamment exposés aux horreurs de la servitude qui menace vous, vos femmes et vos enfants ? — N'espère pas, jeune homme, repartit le vieillard en secouant la tête, n'espère pas que nous suivions ton conseil. Nous n'y déférerons point, quelque sagesse que l'on puisse y trouver. Ignores-tu que sous cette terre dorment ensevelis nos pères et nos aïeux ? Dirons-nous à leurs os : Levez-vous

---

* Ou « Mandinka », peuple originaire de l'actuel Mali vivant essentiellement au Sénégal, Mali, Côte d'Ivoire, Gambie, Guinée, Guinée-Bissau, Burkina Faso et Mauritanie.

et nous suivez ? Non ; nous remplirons envers eux le devoir qu'ils ont rempli, et nous en laisserons l'exemple à nos enfants. Après cela, que le ciel ordonne comme il voudra de nous. Tu nous l'as dit, l'homme doit savoir endurer tout ce qui est de l'homme. — Eh ! comment, s'écria Aza, pouvez-vous m'engager à ne plus revoir mes parents et ma patrie ? Vous ne sauriez abandonner des morts, et vous voulez que je délaisse des vivants !

Ainsi ils ne s'opposèrent plus à son départ ; seulement ils l'engagèrent à rester quelques jours parmi eux, après quoi, l'ayant comblé de présents, parmi lesquels on distinguait un arc et des flèches que lui avait donné le vieillard, ils le virent, non sans larmes, s'éloigner de cette contrée hospitalière, pour retourner à sa terre natale.

Il marcha pendant cinquante-cinq jours, traversa de vastes déserts, franchit des montagnes, que jamais homme n'avait gravi, et s'égara plus d'une fois dans les forêts immenses qui les couvrent. Partout où il y avait des habitations, il fut reçu avec fraternité, avec tendresse. Dans les bois, il vivait de racines et de fruits sauvages : souvent il disputa aux tigres et aux hyènes les animaux qu'il avait abattus avec ses flèches ou joints à la course. Plus d'une fois, sans l'eau qu'il recueillait dans un vase de calebasse, en tordant ses habits trempés par la pluie, il serait mort de soif dans ces déserts brûlants. Enfin il arrive ; il est prêt d'expirer de saisissement et de joie, en revoyant le hameau où il est né, en entrant dans la cabane où ses parents et ses amis pleurent encore sa perte. Mais, ô surprise ! un vieillard est au milieu d'eux ! Au nom d'Aza, il s'écrie et sa voix expire en même temps sur ses livres défaillantes. C'est Farbana lui-même ; Farbana, dont l'ombre lui a apparu dans les ténèbres d'une mémorable nuit. À cette vue, Aza chancelle ; il tombe à genoux, il ne sait s'il songe ou s'il veille. En vain son père le presse dans ses bras, l'inonde de ses larmes, il doute encore, et le sentiment d'une secrète frayeur est plus fort que celui de la tendresse et de-la joie. Cependant il reprend ses sens, il touche en hésitant, il palpe les objets offerts à sa vue incertaine ; il voit que c'est un homme, et non un spectre qu'il embrasse. Il apprend de la bouche de Farbana lui-même, qu'il n'a point quitté l'Afrique ; il demeure enfin convaincu que cette apparition étrange, encore présente à sa pensée, n'a été que l'effet d'un cerveau échauffé par le chagrin et de continuelles rêveries, et que ce fantôme, né de la douleur et de la crainte, n'a eu d'existence que dans son imagination blessée.* Alors oubliant toutes ses peines, il se prosterna, et les yeux levés vers le ciel, il lui rendit grâces, et reconnut qu'il n'est point de maux qui doivent ôter à l'homme l'espérance, et que l'infortune la plus obstinée peut enfin faire place à un état meilleur.

---

* Telle a été dans tous les temps et dans tous les pays, l'histoire des apparitions, des révélations, des prophéties, des miracles, des visions. Les hommes sains ne voient point d'esprits : il n'en est pas ainsi des malades.

ADRESSE DE LA SOCIÉTÉ DES AMIS DES NOIRS, À L'ASSEMBLÉE NATIONALE,

À toutes les villes de commerce, à toutes les manufactures, aux colonies, à toutes les Sociétés des Amis de la Constitution.

De soi-disant députés des parties du nord et de l'ouest de Saint-Domingue,[1] ont répandu dans tout le Royaume une Lettre circulaire[*] pour engager les chambres de commerce, les villes maritimes et les manufactures, à soutenir la demande qu'ils se proposent de faire incessamment à l'Assemblée nationale.

Cette demande est de la plus grande importance pour la chose publique ; elle tend à soumettre les rapports entre la colonie et la métropole à un vœu que les colons blancs auraient seuls le droit d'exprimer ; elle mettrait dans leurs mains l'état civil et politique des personnes qui cultivent, commercent et habitent dans les colonies ; ces colons seraient seuls les arbitres du sort des citoyens de couleur et des nègres ; ils exerceraient une aristocratie concentrée, dont l'Assemblée nationale serait toujours entraînée à sanctionner les décrets.

Les auteurs de cette Lettre ont pensé, et avec raison, que la Société des Amis des Noirs ne garderait pas le silence ; et, pour prévenir les esprits contre ses opinions, pour ôter à ses représentations le poids qu'elles méritent, ils répandent contre elle les calomnies les plus atroces.

Leur lettre est tout à la fois un libelle contre la Société, et un manifeste, où les soi-disant députés d'une population importante, semblent prendre la défense de la nation et de ses colonies, contre quelques hommes, qui se parant d'une philanthropie apparente, auraient formé le parricide complot de faire perdre à l'Empire sa prospérité, aux Français leur fortune, et aux colonies, leur existence.

---

[1] « Soi-disant » car ceux-ci n'étaient pas réellement députés : en effet, dès le 8 juin 1789, huit députés élus par les colons de Saint-Domingue avaient réussi à se faire admettre par l'ordre du tiers-état. Le 29 juin, Saint-Domingue obtint 6 députés, suite à une requête adressée à l'Assemblée par le club de Massiac, et en dépit de l'opposition de Mirabeau qui ne voulait leur en accorder que 4 alors qu'ils en réclamaient 24 ; le 22 septembre 1789, l'Assemblée attribua, sur le rapport de Barère, 2 députés et 4 suppléants à la Guadeloupe ; par décision du 14 octobre 1789, la Martinique reçut 2 députés délibérants. *(Note de l'éditeur)*

[*] En date du 14 février.

On a toujours allumé la colère des despotes en voulant leur ravir des victimes : et ceux-là sont le moins capables d'entendre la voix de la raison, qui trafiquent des hommes comme d'animaux domestiques, et les forcent au travail par des procédés inhumains.

On ne peut rien dire de raisonnable en faveur d'un commerce où tous les crimes sont des instruments nécessaires ; on ne peut pas mieux justifier cette soif de l'or, qui porte à employer l'effroi des supplices pour excéder de travail des créatures humaines, pour mesurer ce que l'on peut en exiger, non sur leurs forces naturelles, mais sur les efforts qu'arrache aux malheureux, la crainte de la douleur.

Ainsi la Société des Amis des Noirs, attaquant ces deux horribles fléaux du genre humain, a dû s'attendre aux injures grossières, et aux menaces coupables des marchands d'esclaves et des maîtres qui les achètent ; et par cela même, elle s'en inquiète peu. Mais cette indifférence doit cesser, lorsqu'elle enhardit la calomnie, et que de plus grands intérêts se lient à la cause des Noirs, par l'étendue que les soi-disant députés donnent à leurs fausses imputations.

Dans l'état de fermentation où sont les esprits, encore imprégnés de tous les préjugés et des habitudes qu'a nourris la longue administration d'un despotisme ignorant et pervers ; au milieu des incertitudes que favorise le peu de lumières répandues en France, sur les vrais intérêts de son commerce et de ses manufactures, les intérêts particuliers se montrent avec audace, et ne négligent ni la corruption, ni les menaces, ni l'intrigue, pour se maintenir dans de coupables usurpations, ou pour en faire de nouvelles.

C'est pour s'opposer à des vues inspirées par les devoirs de l'homme envers ses semblables ; c'est pour mettre obstacle aux progrès de l'esprit public, qui toujours amènent ceux de la raison et de la bienfaisance réciproque, que les colons blancs prétendent à s'emparer de la législation des colonies, et ne veulent y voir régner que leurs intérêts. Heureux encore les Noirs, si leurs maîtres étaient disposés à traiter de ces intérêts avec l'humanité, avec les droits de l'homme ! Mais leur conduite envers nous, les mensonges dont ils se servent pour séduire tous les citoyens français, n'annoncent que le funeste dessein de persévérer dans leur système d'oppression et de tyrannie. C'est, en un mot, pour n'avoir pas à changer d'habitudes, que les colons blancs, non contents du droit de disposer des Noirs comme d'instruments insensibles, veulent encore disposer des citoyens de couleur, gouverner les rapports commerciaux des colonies, et peut-être secouer le joug de leurs créanciers.

Encore trop faibles pour se passer de protection, ils n'ont ni désiré, ni recherché une domination étrangère. Cette tentative les perdrait. Mais ils ont espéré d'en imposer assez à la métropole, en alarmant ses commerçants, ses manufacturiers et ses marins, pour faire la loi à l'Assemblée nationale, et en obtenir, pour les colonies, des prérogatives constitutionnelles, qui lui tiendraient lieu d'une indépendance absolue, en attendant des événements plus propres à les dégager de tout lien.

Les diverses assemblées de Saint-Domingue ont toutes manifesté le même but ; mais elles y tendaient par des chemins différents.

Celle de Saint-Marc, se conduisant d'après la fausse opinion qu'entretenaient les députés des colonies, admis dans les premiers moments de troubles parmi ceux de la nation, n'a longtemps regardé la révolution, que comme une fermentation passagère, dont le despotisme triompherait. Mais elle trouvait la circonstance favorable pour transporter, dans la colonie même, le gouvernement ministériel, qui la ramenait sans cesse aux intérêts, bien ou mal entendus, du commerce de la métropole. Cette assemblée pensait qu'en ne reconnaissant que le roi, comme partie du pouvoir législatif qu'elle s'arrogeait,* la colonie conserverait, par ce lien, la protection dont elle ne pouvait se passer, tout en acquérant plus de prépondérance dans le conflit des intérêts personnels, entre les colons et les commerçants de la métropole.

L'Assemblée du Nord a mis plus d'astuce dans sa marche. Moins confiante que celle de Saint-Marc, dans le pouvoir que reprendrait le despotisme, elle a espéré d'obtenir de l'Assemblée nationale le droit d'initiative sur tout ce qui concernerait le régime intérieur de la colonie ; droit qu'exerceraient exclusivement les colons blancs, et qui laisserait à l'Assemblée nationale de France l'honneur de n'être que La Chancellerie de Saint-Domingue.

---

* Voyez les articles I et II des bases constitutionnelles arrêtées par l'Assemblée de Saint-Marc.

Article Ier. Le pouvoir législatif, en ce qui concerne le régime intérieur de Saint-Domingue, réside dans l'assemblée de ses représentants, constitués en assemblée générale de la partie française de Saint-Domingue.

Article II. Aucun acte du corps législatif, en ce qui concerne le régime intérieur ne pourra être considéré comme loi définitive, s'il n'est fait par les représentants de la partie française de Saint-Domingue, librement et légalement élus, et s'il n'est sanctionné par le roi.

Un autre article déclare que les décrets de l'Assemblée nationale, ne pourront avoir force de loi que du consentement de l'Assemblée générale.

C'est nonobstant cette conduite, bien connue du comité colonial, que le rapporteur de ce comité a fait louer par l'Assemblée nationale, la fidélité des parties du nord et de l'ouest de Saint-Domingue, envers la mère patrie ;* c'est pour en recueillir les fruits, que, forts de la *justice éclatante* (ce sont leurs expressions) *rendue par le décret du 12 octobre, à la conduite énergique de leurs constituants*, et au zèle avec lequel ils ont rempli tous les *devoirs attachés au titre de Français*, les soi-disant députés viennent sommer l'Assemblée nationale de remplir *l'engagement qu'elle a pris dans son décret du 12 octobre*. C'est avec ce prétendu titre, qu'ils demandent que le commerce, les manufactures, les villes maritimes, se joignent à eux pour exiger, « qu'en conséquence, l'Assemblée nationale en sa qualité *de corps constituant*, comme premier article de la *charte constitutive*, qui doit unir les colonies à la France d'une manière indissoluble, *statue définitivement* que c'est *à elles seules exclusivement* qu'il appartient et qu'il appartiendra toujours, *de proposer sur le régime des esclaves et l'état-civil des gens de couleur*, les lois ou les règlements que *ces objets importants* pourront exiger ; que c'est à elles seules, et à elles exclusivement, qu'appartiendra *toujours l'initiative* pour le *régime intérieur, dont l'état des personnes est la première et la plus importante partie*, et qui sera limité dans de justes bornes par l'Assemblée nationale éclairée par le commerce ».

À la lecture de cette injonction impérieuse, on se demande : À qui appartiennent maintenant les colonies ? S'agit-il d'une nation étrangère qui, libre de se donner des maîtres, s'offre à la France sous certaines conditions ?

Le premier article de la Charte constitutive qui doit unir les colonies à la France ! Elles ne lui seraient donc pas unies ! Elles ne feraient donc pas encore partie de l'Empire français ! Et si la Nation, la Loi et le Roi commandent aujourd'hui à Saint-Domingue, si le pavillon national annonce dans ses ports la domination française, c'est sans

---

* Voyez la *Lettre de. J. P. Brissot, membre de la Société des Amis des Noirs, à M. Barnave*, page 8 et suivantes. Ces louanges ont servi à consacrer deux partis à Saint-Domingue ; l'un, (ce sont les *bossus*) font des éloges de M. Barnave, se regarde comme le vainqueur des *crochus*, puisque l'Assemblée de Saint-Marc a été condamnée et même sans être entendue. Quel sera l'avantage de cette division, dès que les deux partis veulent rendre les colonies indépendantes des intérêts de la métropole, et abjurer ses principes sur les droits de l'homme ? A-t-on voulu les subjuguer l'un par l'autre ? Mais cette conduite est-elle dans le caractère et les principes de la révolution ?

doute par un acte de tolérance des fidèles colons, dont MM. Auvrai, Tremondrie et autres se prétendant les interprètes !

En effet, pourquoi n'imposeraient-ils pas la loi à la mère patrie ? Si elle avait le malheur de rejeter ces modestes demandes, la France ne serait plus, à les entendre, qu'un vaste cimetière ; les colonies seraient *ruinées, et leur ruine anéantirait le commerce, les manufactures, la force politique du Royaume, les sources les plus abondantes de sa richesse, son sol, son numéraire, et la possibilité par conséquent d'éviter une banqueroute.*

Des menaces aussi sérieuses, des prétentions aussi exorbitantes méritent la peine d'être discutées ; et pour mettre quelque ordre dans nos observations, nous allons examiner :

1°. La demande des colons blancs envisagée en elle-même et dans ses conséquences.

2°. Quels sont leurs titres pour obtenir une initiative qui les rendrait maîtres du sort des colonies et de leurs habitants. Cette partie de la discussion comprendra l'examen de la conduite des colons blancs, et de leurs calomnies contre la Société.

3°. Comment la métropole doit considérer les hommes de couleur.

4°. Quel cas on doit faire des opinions que les colons blancs ou leurs amis avancent si souvent, sur le commerce entre la métropole et les colonies, et des menaces qu'ils ne cessent de faire contre la France, si l'Assemblée rejette les traités qu'ils proposent.

Enfin nous donnerons, dans une seconde partie, la profession de foi de la Société sur l'affranchissement des esclaves sur les droits des Français mulâtres, sur la traite des Noirs, et sur le commerce entre les colonies et la métropole.

Première partie.

§. Premier.

Examen de la demande des colons blancs.

Elle est sans doute importante la question du pouvoir qui doit régir des colonies éloignées de l'État qui leur a donné naissance. Mais cette question n'est pas douteuse dans les circonstances actuelles.

Les colonies, au lieu d'être, comme autrefois, des établissements indépendants, formés par les citoyens d'un État, auquel l'excès de sa population les force de renoncer, ne sont, pour les Européens, que des extensions du domaine national, où leur avidité va chercher fortune, dans le but de l'apporter dans leur pays natal ; but qui, par conséquent, prive des avantages de cette fortune, le sol qui l'a produite, et tend à détériorer une partie du domaine pour enrichir l'autre.

Or comme, par une suite des moyens employés pour satisfaire leur avidité, les spéculateurs ont transporté, et transportent dans ces colonies, des hommes qu'ils forcent à y vivre et mourir dans l'esclavage ; comme, de la cohabitation entre les Blancs et les esclaves, il est né une population indigène, et intéressée par conséquent à la conservation du sol, que les Européens épuisent plus qu'ils ne cultivent ; comme les négociants et les capitalistes de la métropole, ont contracté avec les colons blancs (car les hommes de couleur en font peu) des dettes considérables, dont les intérêts sont difficilement payés par la culture coloniale ; et que, sous ce point de vue, la conservation du sol est aussi précieuse à ces négociants et capitalistes, qu'aux colons indigènes ; comme la plus grande partie de ceux-ci, étrangers partout ailleurs, ne peuvent que perdre à se transplanter ; comme enfin toutes ces choses se sont établies et organisées sous l'empire des lois, et sous la protection de la métropole ; est-il concevable qu'elle puisse en abandonner le régime à une classe de colons ou de propriétaires planteurs, qui, jusqu'à présent, n'ont pu être envisagés que comme des aventuriers ? Ne livrerait-elle pas à la plus détestable administration, les citoyens de couleur, les Noirs et le domaine ? Peut-on les sacrifier aux préjugés absurdes et cruels que les Blancs s'obstinent, malgré la révolution, à vouloir défendre ? Les créanciers des colonies y trouveraient-ils leur sûreté ? La conscience nationale remplirait-elle ses devoirs ? Telles sont les questions que les législateurs de notre régénération sont appelés à résoudre.

Et sous quel prétexte voudrait-on que l'Assemblée nationale se dépouillât de la plénitude du pouvoir législatif sur les colonies ; qu'elle renonçât surtout, à statuer de sa pleine science et autorité sur l'état des personnes ? Sous le prétexte de la *localité*… Certes, voilà une merveilleuse raison ! Les localités serviront à mesurer le degré de liberté pour certaines classes d'hommes !

On a dit que, sous certains climats, l'homme devenait plus facilement esclave que sous d'autres ; et on l'a dit surtout, de ces climats brûlants, où le peu de besoins favorise l'indolence, et celle-ci la stupidité nécessaire aux esclaves… Mais on ne transporte pas les esclaves africains à Saint-Domingue, pour les y laisser vivre dans une indolence conforme au climat… Mais les citoyens de couleur ne sont pas des êtres stupides… Mais la nature n'a marqué nulle part des hommes nés pour la servitude, et d'autres pour les commander.

Elle est donc absurde, elle est barbare, cette raison tirée des localités, c'est un criminel subterfuge de l'intérêt particulier. Les localités peuvent exiger quelque latitude dans le pouvoir exécutif, lorsque le corps législatif est éloigné ; mais les cas auxquels cette extension s'applique, étant rares et faciles à prévoir, on ne sacrifie pas ce que les hommes ont de plus précieux, leur état civil et politique, à d'aussi vaines considérations.

D'ailleurs, en songeant à leur fortune, les colons blancs permettent sans doute aux commerçants français de songer à la leur. Or, d'après la manière dont la métropole a, jusqu'ici, envisagé le régime nécessaire à ses intérêts, les *localités* sont une raison de plus pour que sa puissance législative reste parfaitement indépendante des colons blancs ; car que résulte-t-il de la position des colonies, si ce n'est qu'elle favorise singulièrement l'intention d'éluder le commerce exclusif que la métropole a voulu, jusqu'à présent, se réserver à leur égard ?

Mais, dit-on, les soi-disant députés ne demandent qu'une *initiative* ? Oui ; mais ils la demandent *exclusive*, absolue ; telle, que le pouvoir législatif serait enchaîné à leur volonté ; telle, que les dépositaires d'une pareille *initiative*, soumettraient l'Assemblée nationale à la nécessité de violer, à leur gré, les lois de l'humanité, les droits de l'homme, et les prérogatives du citoyen ; telle enfin que les *justes bornes*, dans lesquelles les soi-disant députés supposent que l'Assemblée nationale renfermerait les demandes des colons, seraient complètement illusoires.

Eh ! peut-on en douter, après les sollicitudes du comité colonial sur les discussions qui auraient pu s'ouvrir dans l'Assemblée ? Que craint-il, si ce n'est le triomphe de la justice, de la raison et de la saine politique ?

Voyez comment les soi-disant députés préparent un nouveau moyen, pour continuer à éluder les discussions qu'ils redoutent ! Ils réclament aujourd'hui, comme un engagement de l'Assemblée nationale, les droits qu'il serait insensé de leur accorder !

Examinons cet engagement.

Le décret du 12 octobre suppose, il est vrai, la ferme volonté *d'établir, comme article constitutionnel dans l'organisation des colonies, qu'aucunes lois sur l'état des personnes ne seront décrétées par elles, que sur la demande formelle et précise de leurs assemblées coloniales.*

Mais, sans nous arrêter sur les fatalités, les erreurs, et les imprévoyances, qui ont si malheureusement précipité les décrets sur les colonies, cette ferme volonté peut-elle avoir eu pour but de les rendre indépendantes ? Le même décret prouve le contraire. Il déclare qu'il est pressant D'ASSURER à Saint-Domingue, l'exécution des décrets des 8 et 28 mars.

Et que déclare à cet égard celui du 8 mars ?

Que, *considérant les colonies comme une partie de l'Empire français, et* DÉSIRANT DE LES FAIRE JOUIR DES FRUITS DE L'HEUREUSE RÉGÉNÉRATION QUI S'Y EST OPÉRÉE, *elle n'a jamais entendu les assujettir à des lois qui pourraient être incompatibles avec leurs convenances locales et particulières.*

Cette déclaration renferme-t-elle la promesse d'un décret exclusif d'initiative ? Suppose-t-elle que les colons blancs sont les seuls juges de leurs convenances locales et particulières ? Non. L'Assemblée nationale n'est point sortie des limites de son pouvoir. Elle ne peut aliéner, ni en tout, ni en partie, aucune portion de l'Empire français ; et le décret dont on veut corrompre le sens, se borne simplement à autoriser chaque colonie à faire connaître son vœu sur la constitution, la législation, l'administration qui conviennent à la prospérité et au bonheur de ses habitants, À LA CHARGE DE SE CONFORMER AUX PRINCIPES GÉNÉRAUX QUI LIENT LES COLONIES À LA MÉTROPOLE, QUI ASSURENT LA CONSERVATION DE LEURS INTÉRÊTS RESPECTIFS.

L'état des personnes pourrait-il être étranger à ces principes ? Est-il indifférent à la métropole qu'une partie de l'Empire soit sous le joug de l'aristocratie la plus odieuse, tandis que l'autre serait sous le régime de la liberté ?

Mais accordons pour un moment, que l'Assemblée nationale se soit engagée à ne rien changer à l'état des personnes, que sur l'avis des colons blancs, s'ensuit-il que les citoyens mulâtres soient leurs inférieurs ?

Quel est donc l'état de ceux-ci ? Qui faut-il consulter pour le connaître ? Sera-ce la loi qui l'a fixé, avant que les colons blancs osassent avoir une volonté ; ou ceux qui prétendent mettre à la place de la loi, le ridicule préjugé d'une prééminence sociale, fondée sur la couleur de l'épiderme ? Dans le premier cas, la loi est claire ; l'édit de 1685 a donné aux affranchis libres, proprement dits, et par conséquent à leurs descendants, les mêmes droits qu'à tous les Français. Dans le second, il faudrait encore consulter les usages et voir comment, en quelles occasions, le préjugé a fait taire la loi. Or, qu'apprendrions-nous ? Les mémoires des députés de Saint-Domingue, devenus si difficiles aujourd'hui sur les nuances du teint, nous disent qu'il n'y a dans les colonies que des hommes libres ou des esclaves ;... ceux qui ne sont point esclaves, sont par conséquent des citoyens.

On n'a pas vu les Français mulâtres arriver aux places du gouvernement... Mais en étaient-ils rejetés ? Leur a-t-on opposé une raison d'inéligibilité ? Non. Dès lors, que prouve l'éloignement où les hommes de couleur ont été tenus de ces places, sous un régime où l'intrigue et la faveur disposaient de tout ? Rien, si ce n'est que les planteurs européens étaient plus habiles et plus puissants à la cour que les enfants des colonies. Ce désordre, cessant pour tous les Français, donne-t-il le droit de le perpétuer, contre les Français mulâtres ?

Les colons blancs ont obtenu, par leur crédit et leurs intrigues, des privilèges exclusifs... Quoi ! parce qu'ils pillaient les citoyens de couleur à l'aide de ces insultants privilèges, ils pourraient encore les piller !... Mais en quoi donc consiste la régénération de l'Empire français ?

Certes, il est difficile de croire que ceux qui osent opposer aux citoyens de couleur de semblables prescriptions contre l'édit de 1685, ne soient pas les plus dangereux ennemis de la Constitution.*

Mais l'Assemblée nationale a cependant voulu dire quelque chose, lorsqu'elle a prononcé par son décret du 8 mars, qu'elle ne prétendait rien innover dans l'état des personnes ?... Sans doute. Mais outre qu'elle n'a rien discuté, outre que M. Barnave, rédacteur du décret, a formellement déclaré à M. l'évêque Grégoire, qu'il regardait l'article 4 de l'instruction du 28 mars, *comme prononçant d'une manière irréfragable les droits des sangs mêlés, comme leur assurant la plénitude des avantages des citoyens*, il suffit de se rappeler les alarmes répandues au mois de mars, contre les projets d'abolir subitement

---

* N'ajoutent-ils pas, ces profonds publicistes, que les citoyens de couleur sont des ignorants ; qu'ils ne savent ni lire, ni écrire ? Mais à qui faut-il s'en prendre ? Mais l'usage de la liberté portant rapidement les hommes vers l'instruction, les colons blancs veulent-ils donc, en dégradant les hommes de couleur, les enchaîner par l'ignorance ? D'ailleurs les Blancs sont-ils si savants ? Étaient-ce les lettrés de l'Europe qui passaient aux colonies ? S'il fallait ne reconnaître pour citoyens que ceux qui savent lire et écrire, n'y aurait-il point de Blancs à placer dans cette classe intermédiaire, où l'on ne serait ni libre, ni esclave ? Enfin ne trouverait-on point, dans ces hommes d'élite, dont l'Assemblée de Saint-Marc était composée, quelque planteur sachant à peine signer son nom ?

la traite et l'esclavage, pour comprendre que cette réserve était uniquement relative à un état de personnes existant *légalement*, et non au maintien des rêves vaniteux des colons blancs.

Enfin que deviendrait, avec le droit *exclusif* qu'auraient les Blancs de proposer les lois relatives *à leur régime intérieur*, l'intention de l'Assemblée, de faire jouir les personnes DES FRUITS DE L'HEUREUSE RÉGÉNÉRATION QUI S'EST OPÉRÉE DANS L'EMPIRE FRANÇAIS ? Cette intention serait sans pouvoir ; ce droit empêcherait l'Assemblée de juger des lois conformes aux principes de la Constitution, et néanmoins compatibles *avec les convenances locales et particulières* des colonies ; il dispenserait les colons de l'obligation que l'Assemblée leur impose *de se conformer aux principes généraux qui lient les colonies à la métropole, qui assurent la conservation de leurs intérêts respectifs*.

Ce n'est pas à des hommes expérimentés et réfléchis, qu'on persuadera que le pouvoir de régir *la chose intérieure* puisse être séparé de celui de régir *la chose extérieure*. Qui saurait placer la ligne de séparation entre ces deux pouvoirs ? Que serait la *chose extérieure* pour les colonies, si ce n'était ses rapports avec la métropole ? Et comment la métropole garantirait-t-elle la conservation de ces rapports, si le régime intérieur était subordonné à la volonté des colons ? Les colons oublient-ils qu'ils sont une partie intégrante de l'Empire français, et non un État confédéré ; qu'ils ne traitent pas de peuple à peuple ?

Suivant l'article 17 des instructions du 28 mars, les assemblées coloniales reconnaîtront que les lois destinées à régir les colonies, méditées et préparées dans leur sein, ne peuvent avoir une existence entière et définitive, *avant d'avoir été décrétées par l'Assemblée nationale et sanctionnées par le Roi*. Que signifierait ce droit de les décréter, si les colonies avaient la prérogative exclusive de proposer les lois qui doivent *les régir* ?

Rappelons ici une circonstance de la séance du 28 mars. M. Regnaud[1] prétendit que cette instruction était inutile pour Saint-Domingue, qui était constitué, ou croyait pouvoir se constituer seul ;

---

[1] Michel Regnaud, dit « de Saint-Jean d'Angély » (1760–1819), député aux États généraux qui prit la défense des libres de couleur ; il était également politiquement proche des Lameth et de plusieurs propriétaires coloniaux pas spécialement désireux d'accorder leur liberté aux Noirs, comme Malouet ou Moreau de Saint-Méry, comme lui, franc-maçon influent. Voir Blanc, Olivier. 2002. *L'éminence grise de Napoléon : Regnaud de Saint-Jean d'Angély* (Paris: Pygmalion). *(Note de l'éditeur)*

M. Cocherel[1] dit que c'était le système général. Ils furent aussitôt rappelés à l'ordre.

Pourquoi les soi-disant députés ne soutiennent-ils pas aussi, que le même engagement se retrouve dans le décret du 29 novembre ?

C'est que ce décret est tout entier fondé sur la nécessité de se rendre à l'expérience, de reconnaître enfin que les colonies sont hors d'état de s'accorder sur un plan d'organisation ; que *tout annonce qu'elles n'ont pas assez de lumières*, et qu'il faut les conduire, sans néanmoins *leur retirer le bienfait de pouvoir exposer librement ce qu'elles croiront propre à leur prospérité.*

La demande des colons blancs n'est donc recevable sous aucun rapport ; et les soi-disant députés en imposent à toute la France, lorsqu'ils s'appuient sur un engagement de l'Assemblée nationale.

§ II.

Quels sont les titres des colons blancs pour obtenir un droit exclusif d'initiative, qui mettrait en leurs mains le sort des colonies et de leurs habitants ? Examen de leur conduite, etc.

Il ne peut être question ici d'aucun titre formel. Il s'agit des convenances ; et pour en juger, il faut examiner ce qu'on doit attendre des talents, de l'humanité et du patriotisme de ces législateurs.

Ils nous ont fait connaître leur esprit de justice, leur profonde sagesse, leurs connaissances commerciales, et surtout la bonne foi qui deviendrait à jamais, le gage de la prospérité des colonies, et du bonheur du plus grand nombre de leurs habitants.

Voyons d'abord ce que promettraient à la métropole, la bonne foi, ou si l'on veut les lumières des colons blancs.

---

[1] Nicolas-Robert de Cocherel (1741–1826), marquis né à Saint-Domingue d'une ancienne famille de Normandie ; il fut gouverneur-général des Îles françaises sous le Vent. Député du tiers-état de Saint-Domingue aux États généraux, il s'efforça de faire obstruction aux vues de l'Assemblée sur les colonies et tenta sans succès de faire exclure Gérard et le comte de Reynaud du comité colonial. Il publia, en novembre 1789, une opinion sur la nécessité d'une constitution particulière pour les colonies et contre l'admission des gens de couleur aux assemblées. *(Note de l'éditeur)*

Les colonies sont perdues, s'écrient les soi-disant députés, *si toutes les villes, les manufactures et tous ceux qui ont intérêt à leur conservation, ne montrent, dans cette circonstance, toute l'énergie qui peut déconcerter les ennemis de l'État.*

Et qui sont ces ennemis ? La secte des Amis des Noirs… La secte ! Plus les sectes comme la nôtre seront nombreuses, et moins il y aura de brigands.

Les commerçants, les manufacturiers, les colons résidant en France, tous ceux qui veulent l'existence et la prospérité du royaume, se sont réunis pour arrêter nos barbares ennemis, et le décret du 8 mars les a condamnés au silence.

Quand il serait vrai que les négociants intéressés au commerce des colonies, et trompés par les mensonges répandus contre la Société des Noirs, auraient pu d'abord s'élever contre elle, combien de temps a duré leur erreur ?

Il fallait, pour en prolonger la durée, prouver que la Société avait cherché à soulever les esclaves, et il est prouvé au contraire, que si les Noirs esclaves savent qu'en France, il existe une société qui voudrait adoucir leur sort, c'est les colons eux-mêmes, qui ont pris soin de les en informer par leurs folles déclamations.

À l'instant où la liberté se déclara dans la capitale, les colons qui l'habitent, profitèrent du premier trouble pour violer le lieu où la Société s'assemblait. Ils en enfoncèrent les portes ; tout fut livré à leur inquiète curiosité ; ils ont fouillé dans les registres et les correspondances. Qu'ont-ils trouvé ? Pourquoi n'a-t-il résulté, de cette criminelle recherche, que la honte de ceux qui ont eu l'audace de la tenter ?

Accusée d'avoir envoyé des émissaires et des armes pour soulever les esclaves, qu'ont produit les perquisitions faites partout, pour découvrir les preuves de cet attentat ? La confusion des calomniateurs, et la certitude que les colons blancs sont bien plus alarmés du caractère d'une révolution qui condamne leur exécrable système, que de la marche lente et mesurée de la Société des Amis des Noirs.

Ne sachant comment écarter, des colonies, l'influence de la liberté sur les colons qu'ils tyrannisent, ils ont pensé qu'en nous supposant des crimes, qu'en bouleversant toutes les idées, qu'en agitant toutes les têtes, avant qu'elles pussent s'éclairer, ils obtiendraient des décrets qui renfermeraient, dans la France continentale, les bienfaits de la régénération.

Leurs lettres incendiaires ; leurs perfides manœuvres dirigées contre nous, et seulement depuis la révolution ; leurs bassesses auprès des négociants, contre lesquels ils avaient, jusqu'à ce moment, montré une haine implacable ; le meurtre de M. Ferrand de Baudière,[1] sénéchal du petit Goave, assassiné par les Blancs, parce que ne pouvant méconnaître les droits de citoyen actif qu'avaient les Français de couleur propriétaires, il avait rédigé leur adresse pour voter dans les assemblées primaires ; l'assassinat prémédité de M. Labadie,[2] citoyen de couleur plus respectable qu'aucun des Blancs ; tout prouve, de la part de ces législateurs de cannibales, non leurs inquiétudes sur la Société des Amis des Noirs, puisque rien, absolument rien, ne se manifestait de sa part dans les colonies ; mais leur haine contre les principes d'égalité, contre l'esprit de justice, qui prévalaient dans la métropole, et qui désormais allaient agir plus efficacement, en faveur des malheureux, que tous les travaux des sociétés philanthropiques.

Ils nous appellent leurs *barbares ennemis* ! Est-ce nous qui leur avons conseillé de déclamer contre l'enthousiasme de la liberté, contre la morale de l'Assemblée nationale ; de désobéir à ses décrets, et de se déclarer ainsi les ennemis de leur patrie ? Leur avons-nous conseillé de se montrer injustes envers leurs propres enfants ; de les mépriser ; de leur supposer des crimes et de les irriter ainsi contre eux ? Est-ce à nos conseils qu'ils doivent de s'être rendus méprisables par les plus viles contradictions ?

Ils étaient, le 31 août 1788, aux pieds de M. de La Luzerne,[3] ils invoquaient avec confiance ses lumières comme celles d'*un ministre équitable*. Mais bientôt, son équité choquant leurs passions, leurs préjugés et leur infernale politique, ils multiplient contre lui les accusations ; et celles dont nous pouvons juger, sont calomnieuses !

---

[1] Ferrand de Baudière, ancien magistrat, sénéchal du roi à Petit-Goâve, fut emprisonné pour avoir rédigé une note demandant la participation des hommes de couleur à l'élection du député de l'Assemblée provinciale de l'Ouest. Ce septuagénaire attendait son jugement lorsque la foule força les portes, se saisit de sa personne et, en dépit de tous les efforts tentés en sa faveur par le gouvernement colonial, força le bourreau à lui trancher la tête qui fut ensuite promenée par la ville fichée au bout d'une pique. *(Note de l'éditeur)*

[2] Suspecté d'avoir une copie de la pétition de Ferrand, le riche mulâtre G. Labadie fut attaqué, de nuit, par des Blancs, qui l'attachèrent à la queue d'un cheval qui le traîna par les rues. *(Note de l'éditeur)*

[3] César-Henri de La Luzerne (1737–1799), gouverneur général de Saint-Domingue de 1785 à 1787, puis secrétaire d'état à la Marine du 24 décembre 1787 au 13 juillet 1789 et du 16 juillet 1789 au 26 octobre 1790. *(Note de l'éditeur)*

Il *n'y a point de tiers-état*, ont-ils dit * eux mêmes, en parlant de la convocation des assemblées coloniales ; et *puisqu'il n'y a point de peuple libre*, LES ESCLAVES REMPLAÇANT CETTE CLASSE LABORIEUSE, *il n'y a* QU'UN SEUL ORDRE DE CITOYENS, celui des PROPRIÉTAIRES PLANTEURS, *qui, sous ce rapport*, SONT ÉGAUX, *tous soldats, tous officiers, et tous appelés, par conséquent, à jouir des privilèges de la noblesse…* Et ils assassinent les mulâtres propriétaires, parce que ceux-ci réclament cette égalité de rapport ! Et ils mettent à mort un magistrat, parce qu'il se déclare pour les droits des citoyens de couleurs !

Ils veulent qu'on procède *dans une forme régulière*, à la convocation *d'une assemblée, de laquelle puisse émaner le véritable vœu de la colonie* ; et ils poursuivent comme des brigands, une classe de citoyens qui, par leur indigénat, leurs propriétés, leur couleur même, qui les attache naturellement sur le sol où ils sont nombreux, sont nécessairement de tous les colons les plus sûrs, et les plus précieux, tant pour les colonies, que pour la métropole !

Nous sommes *les barbares ennemis* des colons blancs ! Ceux qui s'expriment ainsi peuvent-ils en avoir de plus barbares qu'eux-mêmes ? Que leur demandons-nous ? D'être humains et justes, de ne pas souiller la plus utile des révolutions, en y cherchant le moyen de pouvoir être des tyrans impunis.

Le décret du 8 mars nous a condamnés au silence. Citoyens, vous les entendez ! Les colons voudraient investir l'Assemblée nationale d'un despotisme semblable au leur ; ils voudraient, pour devenir de tranquilles oppresseurs, qu'aucune voix ne pût s'élever contre eux : et voilà les législateurs que la nation donnerait à ses colonies !

Pourquoi nous serait-il défendu d'opposer, à leur sanguinaire politique, celle dont l'homme et le citoyen attendent la paisible jouissance de leurs droits ? La respectable société de Londres, est aussi l'objet des calomnies des marchands de chair humaine et des bourreaux d'esclaves ; mais ils n'ont jamais ils n'ont jamais poussé le délire jusqu'à vouloir qu'on lui imposât silence. Le parlement d'Angleterre a eu la sagesse d'admettre la société à plaider contradictoirement pour l'abolition de la traite.

Et si cette nation, sur les intentions de laquelle les colons et leurs adhérents, ont répandu des fables si absurdes, des raisonnements si

---

* *Plan d'une convocation constitutionnelle des propriétaires planteurs de la colonie de Saint-Domingue, pour procéder à l'élection de leurs députés aux états-généraux du royaume*, 30 octobre 1788.

insensés, est encore indécise sur l'abolition de la traite ; a-t-elle fait interdire à la Société des Amis des Noirs, qui chaque jour devient plus nombreuse, ses laborieux travaux pour prouver de plus en plus, que cette abolition est aussi politique que juste et humaine ? Elle s'en occupe depuis 1769 ; la Jamaïque est pleine de ses écrits ; ont-ils révolté les nègres ? Quand nous défierons-nous de cet esprit soupçonneux, de ces conceptions outrageantes et absurdes, outrage du despotisme si souvent intéressé à pervertir ou à tromper ? Quand nous ne voudrons faire que du bien.

Forcés de renvoyer à la première législature leur projet d'affranchissement de nos esclaves,* le génie fertile de la Société a imaginé d'autres moyens pour nous perdre.

On ne sait ce que les soi-disant députés entendent par ce *projet d'affranchissement.* Il est tel projet qui, livrant tout à coup les esclaves à eux-mêmes, serait tout à la fois extravagant et barbare, et nous n'en fûmes jamais coupables, les colons le savent ; ils savent que jamais nous n'avons regardé les droits de l'homme comme contraires à la conservation momentanée de l'esclavage, tant qu'elle a pour motif l'intérêt des opprimés. Mais il est criminel d'acheter des hommes pour les condamner à une éternelle enfance ; mais ce régime de fer, contraire à la prospérité des colonies ; la conservation des vertus sociales, la politique de la liberté, et l'intérêt de l'humanité, demandent qu'on en prépare avec sagesse l'entière abolition.

Quels moyens la Société a-t-elle donc imaginés pour perdre les colons blancs ?

Les soi-disant députés nous accusent de l'*insurrection des gens de couleur.* Ils prétendent que nous avons *envoyé un chef de bande à Saint-Domingue,* que nous lui avons *donné pour bannière une interprétation perfide d'un article des instructions du 28 mars ; qu'aussitôt les mulâtres se sont armés contre les Blancs dans toute l'étendue de Saint-Domingue,* et ils ajoutent *que si ces premières étincelles n'ont pas incendié la colonie, en l'embrasant, la vigilance et le courage, qui l'ont sauvée, ne peuvent dissiper leurs justes alarmes sur l'avenir.*

---

* *Nous sommes certains,* écrivaient le 14 janvier 1790 les députés de Saint-Domingue à leurs compatriotes, *qu'il n'y a rien à craindre sur l'affranchissement ; nous avons tout aussi peu d'inquiétude sur la suppression de la traite. (Voyez leur correspondance secrète.)*

Quels hommes, quels législateurs que ceux qui calomnient avec cette impudence ! Où sont, nous ne disons pas les preuves, mais les vraisemblances qui nous accusent ?

Nous prions nos lecteurs de redoubler ici leur attention. Cette perfide calomnie est détruite, et par la nature du décret du huit mars, et par les faits dont les députés de Saint-Domingue sont eux-mêmes coupables.

L'instruction du 28 mars n'a besoin de commentaire qu'autant qu'on se propose de la violer contre les citoyens de couleur.

Quelles sont, en effet, les conditions auxquelles cette instruction attache le droit de citoyen actif ? *Majorité d'âge, propriété immobilière,* ou, à défaut de telles propriétés, *domicile de deux ans, et paiement d'une contribution.* Si aucun mulâtre ne peut se présenter sous l'une de ces conditions, il n'est pas *citoyen actif* ; mais s'il est dans le cas contraire, on ne peut lui refuser cet honneur, que par une criminelle désobéissance aux décrets de l'Assemblée nationale. Elle-même ne pourrait pas l'en dépouiller.

L'instruction ne parle pas de la couleur de la peau ; et c'est une omission, dont ne se justifiera jamais le député que les colons blancs ont choisi pour leur protecteur dans l'Assemblée nationale.

Non qu'il fallût en parler pour rendre la loi plus intelligible ; car en ne prononçant pas l'exclusion des Français de couleur, ils sont par cela même compris dans ceux qui peuvent *remplir les conditions prescrites.**

Mais la mauvaise intention des colons blancs était soupçonnée, et cela seul rendait nécessaire une explication qui, dans le style des lois, était inutile.

Enfin, il y eut contestation à ce sujet dans l'Assemblée même. M. l'abbé Grégoire, cet homme à jamais respectable, et dont les opinions, fondées sur les vrais principes sociaux, ne se sont démenties en aucune occasion, M. l'abbé Grégoire demanda que les Français de couleur fussent dénommés dans l'article, et retira sa demande sur l'assurance, que lui donnèrent des députés planteurs, que les mulâtres

---

* *Toutes les personnes de vingt-cinq ans accomplis*, dit l'instruction. — Les mulâtres ne seraient-ils pas des personnes ? Enfin, le sens de la loi est si peu douteux, que, dans la manière de l'exécuter, le comité calculant le nombre de députés pour chaque colonie, suppose les assemblées primaires de Saint-Domingue composées de douze à quinze mille citoyens actifs. Or, en se renfermant dans la classe des Blancs, ce nombre s'élèverait à peine à six mille.

y étaient compris. M. Cocherel fit la motion de les exclure, et cette motion fut rejetée par la question préalable.

Après un tel décret, après des circonstances aussi évidentes en faveur des citoyens de couleur, la Société avait-elle besoin de donner aux mulâtres l'explication d'une loi qui leur assure ces droits ? Avaient-ils besoin d'envoyer un chef de bande à Saint-Domingue, pour y susciter une insurrection ?

C'est la mauvaise foi des colons blancs, déterminés à nier l'évidence, et à se prévaloir d'un silence dont l'événement prouve la perfidie, qui a fait aux Français mulâtres une nécessité de la révolte.

L'insurrection contre leurs droits était résolue ; les Blancs l'annonçaient par des assassinats, dès le moment où il fallut s'occuper des assemblées coloniales. Les députés de Saint-Domingue, qui s'étaient créés à Paris, avaient prouvé, par leur correspondance dévoilée, leurs mauvaises intentions contre les hommes de couleur ; ils les manifestaient avec plus de hardiesse, à mesure que par leurs intrigues, ils réussissaient à écarter de l'Assemblée nationale, les députés de ces citoyens mulâtres, quoique dans les premiers moments, ceux de Saint-Domingue eussent exhorté leurs compatriotes à se les attacher, en reconnaissant leurs droits.

Ainsi, accusant les Amis des Noirs de leurs propres forfaits, les soi-disant députés qualifient de *chef de bande*, le malheureux Ogé,[1] parce qu'il a franchi les obstacles qu'on lui opposait, parce qu'il a invoqué, avec la contenance d'un homme libre et averti de mauvais desseins, l'exécution des décrets rendus sous ses yeux ; parce qu'il a embrassé avec courage la défense d'une loi qui fait le salut de ses frères, d'une loi dont il voyait la violation assurée, s'il ne les réunissait pas tous, pour la protéger.

Armés de cette loi que la conscience publique ordonnait d'étendre sur eux ; forts du droit qu'ont tous les hommes, et que l'Assemblée nationale a reconnu, de *résister à l'oppression* ; ils se rassemblent contre des ennemis déclarés...

---

[1] Vincent Ogé, mulâtre antiesclavagiste natif de Saint-Domingue. À la Révolution, il milita à la Constituante pour l'égalité des mulâtres libres et affranchis. Revenu à Saint-Domingue, devant l'insuccès de ses démarches auprès des riches planteurs blancs, il arma la rébellion du 28 octobre 1790 qui se solda par de nombreuses arrestations. Ogé, qui avait cru pouvoir se réfugier dans la partie espagnole de l'île, fut roué au Cap-Français le 25 février 1791. Cette exécution ignominieuse, qui indigna la métropole, fit basculer les libres de couleur dans le camp des esclaves contre les colons. *(Note de l'éditeur)*

Quel sera leur sort ? Quel sera celui du généreux Ogé, qui n'a laissé ignorer ni ses sentiments, ni ses desseins au comité, et notamment à M. Barnave, et qui, depuis plus d'un an, était désigné par les députés d'ici, comme un jeune homme plein de courage, dont il fallait s'emparer dès qu'il arriverait à Saint-Domingue ? *

Si ces infortunés périssent par des formes qui n'auront de légal que l'apparence ; si leur sang répandu crie vengeance, sera-ce les Amis des Noirs qu'il faudra en accuser ? Ils conseillaient, ils sollicitaient la discussion ; elle eût tout sauvé, et sans doute, on n'est pas à se repentir d'avoir méprisé leurs avis.

Tel est le décret, tels sont les faits. Qu'on juge maintenant si ce ne sont pas des hommes atroces, ceux qui imputent à la Société des Amis des Noirs, les troubles des colonies qu'ils ont eux-mêmes allumés.

On nous menace, disent les soi-disant députés, *de faire prononcer, par l'Assemblée nationale, que nos affranchis et leurs descendants seront citoyens actifs sans distinction.* — Pourquoi *sans distinction ?* L'instruction du 28 mars en prononce, et les citoyens de couleur ne demandent que la loi.

Dites donc que vous voulez les exclure sans distinction, c'est-à-dire TOUS, des droits de citoyens actifs ; et que, pour donner quelque couleur à cette injustice, vous les désignez sous le titre méprisant de vos *affranchis* : comme si les *affranchis* n'étaient pas des hommes déclarés libres, comme si l'homme libre ne pouvait pas être un citoyen ; comme si la qualité d'*affranchi* pouvait se perpétuer !

Vos affranchis ! Appellera-t-on de ce nom la classe entière des citoyens de couleur,[†] dans laquelle, lors même qu'on voudrait distinguer *un affranchi* d'un homme libre, on ne trouverait pas 500 individus affranchis par acte formel, tel qu'il est nécessaire, lorsqu'on veut rendre à la liberté un serviteur esclave ? Les enfants des Français peuvent-ils être des *affranchis* ? Et ne faudrait-il pas déchirer avec indignation l'acte criminel qui supposerait qu'ils ont été esclaves !

---

[*] Pourquoi les députés de Saint-Domingue n'ont-ils pas fait arrêter M. Ogé en France ? Pourquoi ne l'ont-ils pas accusé auprès de l'Assemblée nationale ? Pourquoi, usant du despotisme, tant reproché aux ministres, lui ont-ils ôté, par d'obscures démarches, les moyens de s'embarquer directement pour sa Patrie ? C'est que l'éclat les dénonçait ; c'est qu'alors ils ne pouvaient plus livrer M. Ogé aux violateurs de la loi et de la justice.

[†] Les hommes de couleur libres, que les colons appellent des *affranchis*, sont plus nombreux que les Blancs. Les bizarreries du teint les confondent avec ceux-ci. Tel qui déclame contre les citoyens de couleur avec le plus de fureur ou de folie, n'est qu'un mulâtre déguisé.

Vos affranchis ! Ils sont vos enfants ! Ils sont les enfants d'hommes libres ! * De tels hommes peuvent-ils procréer une espèce inférieure à la leur ? Les colons veulent donc que, dédaignant tous les sentiments paternels, le père méprise son enfant ! Ils veulent que le plus doux penchant de la nature conduise ce père à un crime, à procréer un être dégradé à ses propres yeux, à l'instant où il voit le jour ! Que le Blanc, s'approchant de sa compagne, encore marquée des influences d'un soleil brûlant, sache qu'il va donner la vie à un individu privé de toute existence politique, de tout espoir de parvenir jamais aux honorables fonctions du citoyen ; à un homme qui ne pourra sentir sa raison se développer, sans envisager son père avec horreur !

Législateurs cruels ou insensés ! défendez donc, dans le code injurieux, que votre insensibilité prépare, défendez une union qui ne pourra plus être qu'un crime ! Opposez au plus impérieux des besoins, un supplice nouveau, capable d'arrêter des approches qui seront maudites par le fruit qui en naîtra… La naissance d'un esclave n'est-elle pas le deuil de la nature ? Voulez-vous encore l'outrager au point de suggérer à vos cupides colons, l'horrible spéculation de procréer eux mêmes les malheureux dont ils abrègent les jours sous les fouets de l'esclavage ! [†]

Mais non. Inquiets de l'absurdité de leurs prétentions, les colons blancs cherchent à la couvrir par des palliatifs ; ils semblent invoquer d'autres distinctions que celles du décret du 28 mars. Ils voudraient que leurs enfants, oui leurs enfants, eussent, pour acquérir les droits de citoyen actif, *un certain degré de mélange de sang blanc, qui puisse les confondre avec les Blancs par la couleur de l'épiderme.*

---

[*] Le Blanc vivant en concubinage avec son esclave, élève ses enfants comme des enfants légitimes ; il ne leur donne pas une patente de liberté, mais il les empêche de devenir esclaves ; il leur en donne même pour le servir. Telle est la première origine des hommes de couleur. Les femmes mulâtres ont ensuite épousé des Blancs ; les mulâtres des femmes blanches et les gens de couleur se sont mariés entre eux ; en sorte qu'aujourd'hui, sur mille enfants, à peine un seul naît-il d'une mère esclave ; et comment esclave ? Par le droit de la rapine et de la violence ! Les colons blancs *entachent* la mère et prétendent qu'elle est *entachée* !

[†] Les députés de Saint-Domingue, après avoir qualifié les citoyens de couleur, de *bâtards* et d'*affranchis*, prétendent qu'ils sont *infiniment* mieux traités par *la loi*, et *les usages* des colonies, que les *simples bâtards ne le sont généralement dans notre Europe.* La loi, ils la violent ; et quant aux usages, si en France, un bâtard est exclu de la succession de son père, l'est-il des fonctions de citoyen ?

Cette adroite manœuvre présente une apparence d'équité, qui pourrait séduire des hommes peu instruits. Il importe d'en faire sentir l'illusion.

Les ennemis des citoyens de couleur reprochent sans cesse aux Amis des Noirs, de n'avoir pas vu eux-mêmes les hommes, les choses et les rapports dont ils s'occupent ; et c'était sans doute pour les mettre à portée de s'éclairer, qu'une sentence de mort était prononcée à Saint-Domingue, contre tout Ami des Noirs qui débarquerait dans les colonies.

Qu'ils, consultent donc l'ouvrage publié par *M. Raymond,*[*] *citoyen de couleur de Saint-Domingue,*[†] né d'un père français, d'un mariage légitime, et qui cependant, selon les Blancs, serait déchu par sa naissance, de la qualité de citoyen actif. Qu'ils lisent l'écrit que ce colon instruit et studieux, a publié sur les diverses générations d'hommes qui peuplent les colonies.

Ils y verront les contradictions sans nombre, qui rendent impossible ce dernier refuge de la vanité présomptueuse, de ceux qui veulent être les juges de l'état des personnes. — Ils y verront que la nature se joue des lois par lesquelles les hommes prétendent l'enchaîner ; — que, par des accidents sans nombre, elle créerait citoyen actif, celui-là même que le but de leur ridicule conception, voudrait priver de cet honneur ; — que de tels arrangements porteraient la jalousie, la haine, le trouble dans les familles ; — que, mettant le sceau de la loi à un préjugé extravagant, l'avilissement que ce préjugé consacrerait, empêcherait ces mariages légitimes, où une femme de couleur, unie à un Blancs, ne pourrait plus mettre au monde que des citoyens ; — que le concubinage et la licence seraient le produit de la loi ; — que la prostitution des femmes de couleur, serait une vertu en faveur de leur progéniture ; puisqu'elles n'auraient même que ce moyen d'échapper à l'avilissement, et qu'elles chercheraient en vain entre les Blancs, un époux légitime ; — que, dans beaucoup d'habitations, des esclaves auraient la couleur légale pour réclamer le droit de citoyen ; qu'ainsi cette qualité serait dévolue à un esclave, et refusée à des propriétaires. — Ils verront enfin, dans cet ouvrage,

---

[*] *Observations sur l'origine et les progrès du préjugé des blancs contre les hommes de couleur ; sur les inconvénients de la perpétuer, et sur la nécessité, la facilité de le détruire,* publié le 26 janvier 1791.

[†] Les députés de Saint-Domingue l'appelaient : le *nommé* Raymond. C'est ainsi que le qualifiait le ministre La Luzerne. Ô honte du despotisme, et plus encore de ceux qui l'endurent ! Faut-il leur dire que M. Raymond est un homme riche.

qu'un citoyen actif serait conduit à refuser sa fortune, son bonheur, celui de l'épouse qu'une tendresse réciproque lui destinerait ; parce qu'en s'unissant, ils dégraderaient le fruit de leur amour…

L'esprit et le cœur se révoltent, en passant en revue les désordres résultant de ce méprisable expédient ; et l'on a plutôt fait de demander à ces *Solons*[1] de nos colonies, pourquoi un homme de couleur, libre, propriétaire, en état de contribuer aux avances sociales, ne peut pas devenir un citoyen actif ?

Nous leur demandons avec M. Raymond, dont le *comité colonial* a méprisé les lumières, quoiqu'il en eût le plus grand besoin ; si l'Assemblée nationale peut décréter, comme article constitutionnel, que de tels citoyens de l'Empire français doivent obéir, non seulement à des lois qu'ils n'ont pas consenties, mais encore qui seraient faites par leurs ennemis déclarés ?

Nous leur demandons, si l'Assemblée nationale peut conférer une *initiative* équivalente au pouvoir législatif, à une partie des habitants d'une contrée, pour en user contre l'autre, sans s'assujettir aux mêmes lois ?

Nous leur demandons, si l'Assemblée nationale a le droit de mettre une différence politique, entre des Français tous propriétaires, tous contribuables, parce que les uns sont plus blancs que les autres ; et si elle peut tracer, aux uns, une ligne de démarcation qu'ils ne pourraient jamais franchir, et au dedans de laquelle ils seraient privés des avantages de la société ?

Nous leur demandons, si l'Assemblée nationale peut exposer des hommes, ainsi dégradés, à des lois qui les forceraient à la résidence, ou à vendre leurs biens pour s'expatrier ?

Si l'Assemblée nationale peut faire des lois marquées par Dieu même du sceau de la réprobation : car où est l'impie qui oserait dire qu'un Noir, un Basané, ou un Blanc ne sont pas égaux devant lui, puisqu'il leur a donné, à tous, les mêmes organes, et les a tous rendus également dépendants des circonstances qui développent l'intelligence ?

Voilà les questions qu'un citoyen de couleur, bien connu du comité colonial, bien connu de M. Barnave, adresse au nom de ses frères basanés, à ses frères, souvent aussi basanés que lui, mais qui entre eux s'appellent *blancs*.

---

[1] L'auteur ironise en se référant à Solon, le législateur grec considéré comme l'inventeur de la démocratie. (*Note de l'éditeur.*)

Voilà ce que la Société des Amis des Noirs se fait un honneur de répéter après lui. Elle demande avec lui, si l'Assemblée nationale peut renverser les fondements de l'équité ; si, sous le ridicule prétexte d'une origine moins distinguée que les autres, les représentants d'un peuple libre, seront moins justes que le despote hautain qui naguère le foulait à ses pieds. Car Louis XIV ordonna que les *affranchis* proprement dits, ceux qui, nés dans l'esclavage, étaient rendus libres, auraient les mêmes droits, dont les autres Français jouissent dans les colonies. À plus forte raison leurs descendants doivent-ils en jouir, puisque ceux-ci sont nés hors de l'esclavage.

Ah ! l'Assemblée nationale s'indignera qu'on ait voulu l'exposer à d'aussi déplorables erreurs. Mais continuons l'examen de la capacité *législatrice* de ces hommes qui osent nous appeler *leurs barbares ennemis* et provoquer contre nous les procédés du plus révoltant despotisme.

Les colons blancs disent encore : « Si vous accordez aux hommes de couleur, libres, propriétaires et en état de contribuer, les mêmes droits qu'à nous, les esclaves n'auront plus pour nous ni le même respect, ni la même soumission ; leurs révoltes seront fréquentes : c'est l'opinion seule de la supériorité de la couleur blanche sur le teint noir ou rembruni, qui les contient ».

Heureuse découverte ! Les esclaves noirs sont donc sensibles à l'opinion ! Ils comparent, ils réfléchissent, ils sont des hommes ! Les colons blancs en conviennent enfin !

Mais, si l'opinion les conduit, il faut se garder de leur en donner de fausses : toute opinion fausse est condamnée à périr, et le législateur est d'autant plus sage, qu'il n'expose pas la société aux dangers des opinions fragiles. Ce langage serait-il étranger aux colons blancs ? Rapprochons-les donc de leur sûreté personnelle, et montrons-leur qu'elle repousse ce sophisme de leur vanité.

Les citoyens de couleur, qu'il faut avilir pour la sûreté des Blancs, ne sont pas une classe d'esclaves, ce sont des propriétaires ; ils ont aussi besoin d'esclaves, ils possèdent le tiers de cette malheureuse population. S'il faut que, pour respecter les Blancs, les esclaves méprisent les hommes de couleur, de quelle sûreté ceux-ci jouiront-ils dans leurs habitations ? Et s'ils ne sont pas en sûreté au milieu de leurs esclaves, parce qu'ils en seront méprisés, la sûreté des Blancs eux-mêmes ne sera-t-elle pas compromise ? Faudra-t-il que ces *Rois de la peau humaine*, viennent interposer leur autorité dans les habitations même des Français mulâtres ? Certes ! on ne serait pas étonné que ce fût là le but de quelques colons. L'un d'eux, plus franc que les autres, a trouvé plus simple de couper le nœud. Chasser les hommes de couleur et s'emparer de leurs habitations, tel était son code ; et s'il est digne d'un *flibustier*, il faut au moins lui savoir gré de montrer plus d'esprit et de franchise que ses confrères.

Quant à nous, il nous semble qu'il est excessivement imprudent d'exposer, au mépris de leurs esclaves, quelque classe de maîtres que ce soit. À plus forte raison, si elle possède le tiers de tous les esclaves du pays. S'il faut en imposer à ceux-ci, il n'est pas de moyen plus sûr pour y réussir, que de mettre tous les maîtres ou *non esclaves*, sur la même ligne, quelle que soit la dose de sang européen qui circule dans leurs veines. Alors l'intérêt de tous, les réunira contre le danger commun ; les citoyens de couleur ne seront pas arrêtés par la répugnance de prêter leurs bras à leurs ennemis ; les forces réprimantes ne se diviseront point ; une harmonie salutaire régnera entre tous les colons ; elle fera place à des inimitiés aussi révoltantes pour la saine politique, qu'elles sont dangereuses pour la sûreté des colonies, des planteurs, et de ceux qui trafiquent avec eux.

Nul doute que s'il est possible de contenir les esclaves dans le régime de la liberté, ce ne peut être qu'en partageant la population en deux portions parfaitement distinctes ; en mettant la pure liberté d'un côté, et le pur esclavage de l'autre, sans nul intermédiaire. Car, en constituant une classe d'hommes qui ne seraient ni citoyens, ni esclaves ; ni libres, ni enchaînés, on ouvre une source intarissable de jalousies, de murmures et de complots.

Si la Société des Amis des Noirs, en désirant l'adoucissement de l'esclavage, avait d'autres sentiments que ceux de l'humanité ; elle appuierait ces méprises de l'ignorance, comme le moyen le plus sûr de précipiter une révolution fatale aux colons blancs.

Nous ôter, disent les soi-disant députés, *le droit exclusif de statuer sur les gens de couleur, c'est mener les colonies à leur ruine avec une rapidité qui effraye ceux qui les connaissent ; c'est dévouer à la mort un million d'individus dont les Antilles sont peuplées.*

Nous examinerons en détail, dans la dernière partie de nos observations, ce que peuvent penser de la ruine des colonies *ceux qui les connaissent*. Nous demanderons ici, pourquoi elles ne furent pas ruinées et livrées au carnage, lorsque Louis XIV donna aux affranchis tous les droits de citoyens, lorsqu'il voulut que, d'un homme libre, il ne pût pas naître un esclave, ou un individu dégradé ?

La terreur que les soi-disant députés veulent répandre, ne peut en imposer qu'à des ignorants. Il suffit de comparer la population et le courage des Blancs et des mulâtres ; il suffit de faire attention aux événements récents, pour se convaincre que tous les colons, sans exception, se soumettront aux décrets de l'Assemblée nationale, dès qu'elle manifestera clairement l'intention de faire jouir les colonies, comme PARTIES DE L'EMPIRE FRANÇAIS, *des fruits de l'heureuse régénération qui s'y est opérée.* Et quand MM. Auvray, Trémondie, et autres, publient que les Blancs se résoudront à périr, plutôt que de voir ceux qu'ils appellent *leurs affranchis,* réintégrés dans les droits de l'homme et du citoyen, on ne voit, dans ce ridicule défi, qu'une nouvelle preuve de leur démence.

Quoi ! la nation fléchirait devant quelques planteurs qui, insultant aux principes de notre Constitution, veulent se former en noblesse privilégiée ! En une noblesse, qui non contente d'avoir des esclaves, voudrait encore placer, entre elle et eux, des *intermédiaires* qu'elle pût maîtriser !

Mais est-il bien sûr que ce ne soit là qu'un délire de la vanité ? Que la métropole n'ait pas à se tenir en garde contre des intentions plus perfides ? Examinons.

La classe intermédiaire, privée des droits politiques, n'aurait aucune des propriétés de ces corps, prétendus médiateurs entre ceux qui commandent et ceux qui obéissent ; et qui au fond, ne doivent leur existence qu'à une ruse de l'aristocratie, pour éviter l'influence du peuple, et la nécessité de l'éclairer.

La noblesse coloniale ne pense pas non plus à faire, des hommes de couleur, les bourreaux destinés, à tourmenter et à châtier ses esclaves ? Il est difficile de croire que les Français de couleur voulussent se prêter à des fonctions pour lesquelles on n'a eu, jusqu'ici, nul besoin d'eux.*

Que cherchent donc les colons blancs dans cette classe intermédiaire ?... Ou ils montrent que la vanité tourmente l'esprit sans l'éclairer ; ou ils se proposent de faire, eux-mêmes, en faveur des Français de couleur, ce qu'ils s'obstinent à leur refuser aujourd'hui. Et quand ? — Lorsqu'il ne resterait plus, pour séparer totalement

---

* On lit cependant, dans la lettre des députés de Saint-Domingue à leurs complices de la colonie, écrite le 5 décembre 1789, « que le service des gens de couleur, *dur et ruineux pour eux,* est nécessaire à certain point ; qu'il « n'y a même qu'eux qui soient propres *aux chasses de nègres, bandits et malfaiteurs* ». À quel degré d'élévation les *bandits* européens parviennent-ils donc dans les colonies ?

les colonies de la métropole, qu'à faire, de ces Français basanés, un peuple qui, en échange de l'état politique qu'il acquerrait, conférerait lui-même aux Blancs, des prérogatives légales.

Les colons blancs se trompent, sans doute, sur le succès de leurs vues ; mais, soit vanité pure, soit politique plus profonde, il est évident que leurs prétentions actuelles repoussent toute confiance. Elles ne sont propres qu'à alarmer la nation sur sa propriété, et la politique humaine des vrais patriotes, sur l'égalité des droits, qui sert de base à la Constitution.

§ III.

Comment la Métropole doit-elle considérer les hommes de couleur ?

On vient de voir que rien, jusqu'à présent, ne justifie les prétentions extravagantes des soi-disant députés ; que leurs motifs et leurs expédients sont également insensés. Mais cette vérité se manifeste plus fortement, lorsqu'on examine la population, le caractère, la force et l'industrie de ces Français de couleur, que leurs frères blancs veulent, au nom de la loi, soumettre à leurs caprices.

Le résultat que donne la comparaison de ces deux classes, est tel que, s'il fallait abandonner à l'une d'entre elles la législation des colonies, ou le droit *d'initiative*, il faudrait, ou la déposer dans les mains des citoyens de couleur, ou faire l'absurde déclaration que ce droit convient moins à des Français, nécessairement affectionnés au sol qui doit les nourrir, eux et leur postérité, qu'à une espèce d'aventuriers pour qui la culture du même sol, n'a été jusqu'ici qu'une spéculation passagère, qu'un arbre qu'ils ont abattu chaque fois que cette manière d'en cueillir le fruit, favorisait les projets qui les ramènent dans la métropole.

Oui, les citoyens mulâtres mériteraient mieux d'être les législateurs de leur terre natale, que les colons qui réclament cette auguste fonction. Ce n'est point un paradoxe, et nous le prouvons.

À qui la législation d'un pays quelconque appartient-elle dans le droit naturel ? À ceux dont le pays est la patrie ; à ceux qui la regardent comme le sol nourricier de leur postérité ; à ceux qui lui font des avances, sans s'impatienter de la lenteur des produits ; à ceux qui les consomment dans le même pays qui les enrichit ; à ceux qui se plaisent à voir leurs enfants commencer, sous leurs yeux, leur carrière de cultivateur ; à ceux enfin, qui ne peuvent envisager dans leur expatriation que des sacrifices à faire, des liens douloureux à déchirer.

Colons blancs, sont-ce là vos titres ? Non. Il en est du moins très peu d'entre vous qui pussent en montrer de pareils. Direz-vous que ces convenances ne sont pas celles de la métropole ? Ce serait une absurdité de plus. Les colonies sont beaucoup plus précieuses pour la France, entre les mains des cultivateurs indigènes et affectionnés au sol, qu'entre les vôtres. Nous ne nous arrêterons point à le prouver ici ; cette matière a d'ailleurs été traitée par un membre de notre société, dans une lettre adressée à M. Barnave,* et qu'on n'a pas encore essayé de réfuter.

La France, porte cette lettre, monument du patriotisme le plus pur, « la France, ce corps politique qui doit mesurer les siècles, peut-elle, même sérieusement, comparer les millions de revenus que l'industrie constante, progressive et économique des mulâtres, peut lui apporter chaque année et à toujours, à ces produits arrachés par une exploitation dévorante… produits que les colons viennent dissiper à Paris, dans tous les raffinements de la débauche ? Quelle comparaison d'une circulation aussi immorale, aussi stérile, avec la grande circulation résultante d'une culture qui nourrit la terre au lieu de l'épuiser » ?

Les raisons de préférer des législateurs mulâtres, à des ordonnateurs blancs, seraient plus fortes encore, si, de la comparaison des intérêts relatifs à la propriété, on passait à celle des mœurs.

M. Hiliard d'Auberteuil[1] n'est pas suspect dans le témoignage qu'il rend aux hommes de couleur. Il écrivait, il y a douze ans, sur la colonie de Saint-Domingue. Le préjugé contre eux était dans toute sa force ; il le partageait même ; et cependant, il convient que cette classe de colons est fidèle, charitable, hospitalière, religieuse, pénétrée de respect pour les vieillards, portant l'amour filial au plus haut degré, soigneuse à conserver les propriétés ; en un mot, singulièrement utile à la colonie. Il ajoute que, depuis son origine, on ne compte pas

---

* *Lettre de J.-P. Brissot à M. Barnave*, publiée le 20 novembre 1790, page 47 et suivantes.

[1] Michel-René Hilliard d'Auberteuil (1754–1785). Ce natif de Rennes, mystérieusement disparu à Saint-Domingue, peut-être assassiné ou mort dans un cachot, a publié en 1776, des *Considérations sur l'état présent de la colonie française de Saint-Domingue. (Note de l'éditeur)*

quatre hommes de couleur flétris par les lois pour cause de crime, et il en atteste les registres publics.

L'abbé Raynal a recueilli les mêmes témoignages. Il ne compte, pour la prospérité des colonies, que sur les natifs ; et cependant, le croira-t-on ? on nous cite ce philanthrope éclairé à l'appui des principes manifestés par M. Barnave ; on nous dit qu'il les a lui-même puisés dans les écrits de ce philosophe intrépide.

Mais le savant armateur, qui suppose à ce jeune député, des recherches dont nous sommes en droit de douter, ne nous dit pas quels sont les colons à qui l'abbé Raynal veut *qu'on laisse le soin d'éclairer la métropole sur les besoins des colonies*. Il ne nous dit pas que ce sont les *Créoles*, et que Raynal comprend, sous cette dénomination, tous les individus, sans distinction de couleur, *nés aux îles*. Il n'a jamais pensé, comme les planteurs formant la ci-devant assemblée de Saint-Marc,[1] qu'il existât entre les citoyens de couleur et les Blancs* *une ligne de séparation tracée par la nature même, sacrée pour la politique, et qui ne peut être menacée que par les ennemis, non seulement des colonies, mais de l'Europe elle-même.*

Raynal, trop éclairé pour méconnaître ainsi le langage de la nature, a protesté au contraire contre ces tergiversations de l'intérêt personnel, dans toutes les pages qu'il a écrites sur les colonies ; et en effet, l'écrivain qui tonnait contre la criminelle audace de réduire des hommes à l'esclavage, ne pouvait pas même penser à ces scandaleuses modifications.

C'est donc à ces *insulaires*, à ces Créoles, dont on voudrait flétrir la plus grande partie, à cause de leur couleur, que Raynal veut qu'on accorde *le droit de se gouverner eux-mêmes, mais d'une manière subordonnée à l'impulsion de la métropole, à peu près comme une chaloupe obéit à toutes les directions du vaisseau qui la remorque.*

Parlant de l'administration coloniale, il veut qu'elle soit laissée aux *propriétaires* NÉS la PLUPART *dans les colonies* ; tandis que ceux dont M. Barnave a si imprudemment servi les vues, veulent la donner à des planteurs, LA PLUPART nés HORS *des colonies*, à ceux-là même

---

[1] Une assemblée générale de la partie française de Saint-Domingue fut convoquée à Saint-Marc le 14 avril 1790 sur ordre du Roi, en remplacement de l'assemblée coloniale de Saint-Domingue, exclusivement composée de Blancs, élue le 27 février 1790. *(Note de l'éditeur)*

* Que dirait Raynal s'il savait qu'entre ces fameux quatre-vingt-cinq, à peine y compte-t-on quatre ou cinq créoles que ceux-ci sont les ennemis de leurs frères, et que les autres sont de ces Européens, pour qui les colonies sont une livrée à leur pillage ?

à qui l'abbé Raynal interdit toute *influence* dans l'administration coloniale ; à ces *Européens, poussés en Amérique par leurs besoins ou par leurs vices, devenus par ces transplantations, volontaires ou forcées, étrangers partout, ordinairement corrompus par le défaut de loi, que remplace mal une police arbitraire, par ce goût dépravé de domination qui résulte de l'abus de l'esclavage, par l'éclat d'une grande fortune qui leur fait oublier leur première obscurité.*

Telle est l'opinion de Raynal. Il veut que les colonies soient la chaloupe obéissant au vaisseau de la métropole, tandis que les députés de Saint-Domingue accordent à peine à la métropole les fonctions de la chaloupe dont les colonies seraient le vaisseau.

En chargeant les Créoles, continue Raynal, du soin de régler l'intérieur de leur patrie, touchés des marques d'estime et de confiance que leur donnerait la métropole, ils s'attacheraient à un sol fertile, se feraient une gloire, un bonheur de l'embellir, et d'y créer toutes les douceurs d'une société civilisée. Se fût-t-il exprimé ainsi en parlant de ces planteurs étrangers au sol, occupés aujourd'hui de projets d'indépendance en haine de la liberté, et cherchant à rendre la loi complice du mépris sous lequel ils veulent humilier les citoyens de couleur ?

Raynal veut que *les colons*, et nous venons de voir ce qu'il entendait par colons, *forment eux-mêmes le code qu'ils penseront convenir à leur situation...* Mais quand ? Lorsque les *jeunes Créoles, laissant en Amérique leurs nègres, fuyant une éducation de tyrannie, de mollesse et de vice, que leur donne l'habitude de vivre avec des esclaves,* ils se seront *exercés en Europe, à pratiquer ce qu'on y enseigne ;* lorsqu'ils y auront *recueilli les restes précieux de nos antiques mœurs, cette vigueur que nous avons perdue ;* lorsqu'ils auront étudié *notre faiblesse, et puisé dans nos folies mêmes, ces leçons de sagesse, qui font éclore les grands événements.*

Il leur conseille d'appeler chez eux des JEAN-JACQUES.[1]

Lorsque leur travail aura été *exécuté avec la maturité convenable, il sera,* ajoute-t-il, *livré aux discussions les plus profondes et les plus sévères ; et la sanction du gouvernement ne lui sera accordée que lorsqu'on n'aura pas le moindre doute sur son utilité, sur sa perfection.*

Ainsi parlait Raynal, au temps où le despotisme était encore loin

---

[1] Jean-Jacques Rousseau avait rédigé, en 1765, un *Projet de constitution pour la Corse. (Note de l'éditeur)*

de sa chute. Quel serait son langage, aujourd'hui qu'une Assemblée nationale a mis en pratique les principes qui, seuls, peuvent conduire à une bonne législation ?

Conseillerait-il aux représentants de la nation d'accorder aux colons cette inconcevable *initiative*, qui repousserait toute loi dont ils ne seraient ni les auteurs, ni les approbateurs ? Conseillerait-il de la confier à ceux-là même qu'il repousse de l'administration ; — à ceux qui ne la demandent que pour mettre d'invincibles obstacles à ces mêmes préliminaires, sans lesquels les colonies ne peuvent acquérir ni stabilité, ni prospérité, ni gloire ; — à ceux qui, au lieu de voir dans la liberté un lien éternel et réciproquement salutaire, entre les colonies et la métropole, ne parlent que d'indépendance actuelle ou de scission prochaine ?

Les Blancs peuvent-ils citer l'abbé Raynal en leur faveur ; peuvent-ils se mettre sur la même ligne que les *Créoles*, eux qui n'ont pas cessé d'être ennemis des citoyens de couleur ; eux qui égorgent les défenseurs de ceux-ci ; eux à qui la justice et l'humanité outragées ont peut-être à demander, dans ce moment, le sang du malheureux Ogé et d'un grand nombre de ses compagnons ; eux qui ne sollicitent, de la nation, que des sacrifices, tandis que les citoyens de couleur lui ont fait offrir un don patriotique de six millions, qu'ils sont près de réaliser ?

Considérez encore la conduite des uns et des autres, au milieu de ces agitations qui, comme un feu souterrain, se sont propagées dans toutes les parties de l'Empire. Les Français de couleur ont attendu avec soumission les décrets de l'Assemblée nationale, tandis que les Blancs cherchaient à se rendre indépendants de toute autorité.

On semble l'avoir oubliée, cette lettre du 12 août 1789 qui a mis le feu dans les colonies ; cette lettre où les députés de Saint-Domingue, troublés par la révolution, effrayés sur leurs esclaves, semblaient vouloir, tout à la fois, s'attacher les Français de couleur et les tenir dans l'abaissement ; où ils accusaient la nation d'être *ivre de liberté* ; où ils annonçaient la révolution comme *une crise qui ne durerait pas* ; où un colon plus sage, inquiet de ces inconséquences, ajouta à cette lettre un supplément pour en prévenir le mauvais effet, pour avertir ses compatriotes, que le meilleur moyen d'assurer dans tous les temps le repos et l'existence de la colonie, était d'affectionner à la cause des Blancs, la classe des gens de couleur. *Nous regardons*, ajoutait il, *cette espèce* (cette espèce ! Des Français !) *comme le vrai boulevard de la sûreté de la colonie.*

Les citoyens de couleur ont-ils ainsi trahi la cause de la liberté ? Ne se dévouaient-ils pas pour la conservation des colonies, pendant que les colons blancs, ne cessant de menacer la France de la perte de ses îles, ont tenté tout ce qui pouvait provoquer cette séparation ?

Mais, si la patrie est surtout à ceux qui savent la défendre, les Blancs refuseraient-ils aux Français de couleur, le témoignage de l'avoir défendue dans toutes les occasions périlleuses, avec zèle et courage ? Leur bravoure est célèbre ; les gouverneurs des colonies et les commandants militaires en ont toujours fait le plus grand éloge.

Ainsi les Français mulâtres, considérés dans les rapports politiques et moraux qui constituent le citoyen, qui l'éclairent sur le régime le plus convenable à la patrie, sont supérieurs aux Blancs ; ils auraient par conséquent plus de droit qu'eux à demander la législation des colonies.

C'est d'eux que nous devons attendre le plus de lumières ; et cependant on conspire, jusque dans l'Assemblée nationale, pour leur ravir les droits de citoyens actifs !

Sans morale, comme sans principes, les soi-disant députés osent publier cette odieuse prétention, en même temps qu'ils prononcent leur condamnation ; car ils avouent que *les affranchis* (c'est-à-dire les hommes de couleur) sont le *rempart* le plus puissant que la population des colonies mette entre les esclaves et les citoyens. Et, pour se les attacher, les Blancs les ont poursuivis et massacrés comme des bêtes fauves ! Et les mulâtres, qu'on nous peint comme des esclaves révoltés, ont tout souffert, jusqu'à ce que les décrets leur aient été connus ; jusqu'à ce qu'ils aient été convaincus, et de la mauvaise volonté du comité colonial, et de la conjuration faite contre leur honneur et leur vie, jusqu'à ce que, ne pouvant plus douter qu'on voulait leur arracher des droits, que l'Assemblée nationale avait respectés, il ne leur restait qu'à tenter la résistance !

Encore une fois, si la législation des colonies doit être confiée au patriotisme, en qui les vrais défenseurs des principes de la Constitution auront-ils le plus de confiance ? Sera-ce dans les citoyens de couleur toujours fidèles, ou dans ceux qui comme les soi-disant députés ne rêvent qu'à l'indépendance ?

Mais qu'importe à ceux-ci les principes de la Constitution ? S'ils n'avaient pas résolu de leur fermer tout accès dans les colonies, tenteraient-ils d'alarmer la France entière, pour obtenir d'une fausse terreur, ce qu'ils ne peuvent espérer du sang froid de la raison ?

Voyons donc si leurs menaces méritent plus de confiance que tous les autres moyens dont nous venons de montrer le crime ou l'extravagance.

§. IV.

Quel cas doit-on faire des menaces que les colons blancs, ou leurs amis, ne cessent de faire contre la France, si l'Assemblée rejette les traités qu'ils proposent ; et des opinions qu'ils avancent sur le commerce entre la métropole et les colonies ?

Cette partie de la politique des colons blancs est la plus perfide. En la soumettant à une exacte analyse, on verra qu'elle ne mérite que le plus profond mépris.

Les agents de l'aristocratie coloniale, paraissent avoir compté sur les ressources qu'offrent le défaut de lumières du grand nombre, la superstition ou la timidité des intérêts particuliers, l'inhabitude de ces généralisations et de ces calculs, qu'une nation, juge de ses intérêts sociaux, doit faire, lorsqu'elle est appelée en corps, à considérer son industrie, son commerce, les objets qui l'alimentent et les forces qui la protègent. Rejetant, nous l'avons vu, toute morale en politique, estimant peu la liberté générale, pourvu qu'ils se fassent une enceinte dans laquelle eux seuls soient libres, les aristocrates planteurs veulent régir l'industrie et les sources de la prospérité, par les principes et les régies de l'Ancien Régime ; ils veulent maintenir l'économie de nos possessions d'outremer, dans ce chaos ténébreux, ces préjugés avilissants, ces travers de l'ignorance, fruits honteux de la corruption où le gouvernement était tombé.

Ils ne se doutent, ni des richesses de la liberté, ni des avantages de la justice, ni des jouissances de l'homme sage, lorsqu'il contemple tous ses frères dans le chemin du bonheur et de la prospérité.

On leur demande en vain, où est la population dont la liberté ait détruit le commerce, borné l'industrie, affaibli la puissance. On les somme inutilement d'indiquer, entre les pertes publiques dont la sagesse humaine peut se garantir, celles dont on ne puisse pas attribuer la cause à des fautes contre la liberté ; de montrer un monopole absolu ou mitigé, quel qu'en soit l'objet, qui n'ait pas créé la volonté de lui échapper, et qui, par cela même, ne soit pas une cause très active de désordre. Ces expériences de tous les jours sont inutiles pour eux.

Il suffit déjà, pour mettre en garde contre leurs menaces, d'observer qu'elles ont toujours été la ressource de l'intérêt particulier. Chaque individu, adonné à une certaine profession, vous crie que la société entière sera bouleversée si vous dérangez ses habitudes, c'est-à-dire, si vous examinez en hommes d'état, en législateurs, les fondements de son industrie et de ses espérances.

C'est la noble fonction des philosophes ; ils cherchent sans cesse à accorder l'intérêt particulier avec l'intérêt général. Voilà pourquoi ils sont persécutés ; voilà pourquoi ils semblent être en guerre avec le genre humain, qui, cependant, ne peut être heureux que par les triomphes de l'intérêt général sur l'intérêt particulier ; voilà pourquoi l'on voit des intérêts particuliers, acharnés à s'entredétruire, suspendre leurs haines, et se réunir pour combattre l'esprit public qui voudrait ennoblir leurs mouvements, et les confédérer en faveur de la prospérité publique.

Quels cris les commerçants n'élevèrent-ils pas en 1784, lorsque le gouvernement permit aux navires étrangers d'exporter, dans quelques ports des colonies, des provisions absolument nécessaires à la conservation des colons et de leurs esclaves, à la force productive des colonies ; provisions dont la fourniture exclusive, n'a pu être laissée à la métropole, qu'en sacrifiant et les devoirs de l'humanité, et les principes d'une véritable prospérité ?

Toutes les chambres de commerce unies à quelques manufactures (c'est un colon* qui l'observe) *firent entendre des cris lamentables, qui semblaient être le présage d'une chute également infaillible et prochaine de la France.*

Cependant, loin que les événements aient réalisé ces prédictions, cet acte de justice, qui devait entraîner les plus grandes calamités, a beaucoup accru les productions des colonies.

Cet exemple, qui n'a rendu plus circonspects dans leurs menaces et dans leurs prédictions, ni les colons, ni les commerçants, impose aux législateurs de l'Empire la nécessité du plus sérieux examen.

L'union entre la métropole et les colonies, peut avoir maintenant des garants si sûrs dans les rapports naturels, qu'il serait absurde et funeste de la fonder sur des transactions uniquement propres à entretenir la jalousie, et à fomenter des mécontentements dangereux.

---

* M. Pons, habitant de Saint-Domingue, dans une adresse *des Colonies françaises aux sociétés d'agriculture, aux manufactures et aux fabriques de France.*

La Société des Amis des Noirs est loin de vouloir atténuer le prix que la métropole doit mettre à ses colonies. Mais si la vérité est nécessaire partout, puisqu'elle est la base indestructible de tout bien, elle est surtout nécessaire, lorsqu'on s'occupe de rapports commerciaux. Car tandis que, sur ces rapports, les erreurs enrichissent un petit nombre d'individus, elles appauvrissent toute une nation, ou la privent d'une prospérité plus générale, et par conséquent plus grande. Ce qui suffit à la fortune de quelques hommes, est moins considérable que ce qui n'est pour le grand nombre, qu'un soulagement.

Ces mêmes Blancs, qui ont su réclamer les droits de l'humanité, relativement aux subsistances ; qui ont su braver les cris et les exagérations des commerçants de la métropole, prononcent la perte des colonies, si les citoyens de couleur jouissent des mêmes droits que les Blancs ! Il suffirait, s'il faut les en croire, que l'Assemblée nationale parût un instant, prêter l'oreille à la justice en faveur des mulâtres, pour abîmer, et les colonies, et le trésor public, et la nation elle-même, dans des flots de sang.

Pour qui les auteurs de ces menaces prennent-ils donc nos législateurs, s'ils pensent les effrayer avec de pareils fantômes ?

Comment les colonies pourraient-elles être perdues pour la nation ? Serait-ce par la conquête, Ou par une séparation absolue de la métropole prononcée par les colons blancs ? Mais oublie-t-on la puissance nationale ? Oublie-t on qu'un empire, tel que la France, fondé sur une population de 25 millions d'hommes libres, ne peut être longtemps insulté ou dépouillé, sans en tirer vengeance ? La possession des colonies dépend de la vigueur et de la force de la métropole. Ainsi ce n'était pas d'une menace aussi folle, en tant que fondée sur le seul mécontentement des aristocrates planteurs, qu'il fallait s'occuper ; mais des inconcevables négligences qui, jusqu'ici, ont laissé aux ennemis de la révolution, l'espoir d'en anéantir les bienfaits. C'est à ces négligences qu'il fallait donner de l'importance, et non à de puériles craintes, que l'usage loyal et ferme de la raison eût bientôt calmées.

On ne saurait trop le répéter à ces hommes qui transigent si facilement avec les principes. La cause qui peut faire perdre la propriété des colonies, n'est point dans les agitations locales qu'elles peuvent éprouver ; elle est dans les événements qui énerveraient la métropole, au point de ne pouvoir résister à ses plus faibles ennemis ; et céder les principes, lorsqu'on peut éclairer ceux que leur intérêt égare, c'est encourager toutes les résistances au bien commun.

Mais, réplique-t-on, les colonies peuvent se dégrader par des troubles ; leur culture peut en souffrir, et les conséquences rejaillir sur notre commerce. Sans doute, mais sera-ce les citoyens mulâtres qui troubleront ces colonies, dès que, plus justes envers eux, on les aura, plus que jamais, intéressés à la tranquillité publique ? Et quant aux Blancs, sur qui s'appuieraient-ils pour résister aux lois de la métropole ?

Ils armeront, nous dit-on, leurs esclaves ; et, soutenus par eux, ils égorgeront les gens de couleur !… Ils armeront leurs esclaves, et ils ont tremblé que ceux-ci entendissent le mot de liberté ! * Ils armeront leurs esclaves, et ils ne craignent rien tant que de voir les citoyens de couleur cesser de les protéger contre les esclaves !… Et comment les désarmeront-ils ? Sera-ce avec les forces de la métropole ? Mais apparemment que si elle peut leur servir à désarmer leurs esclaves, elle peut, à plus forte raison, les empêcher de les armer, et de les lâcher comme des bêtes féroces sur les citoyens de couleur.

Vit-on jamais des esprits plus délirants ! Faut-il irriter les citoyens contre les Amis des Noirs ? Ils accusent ceux-ci d'être stipendiés par les ennemis de l'état, pour armer les esclaves et les soulever contre leurs maîtres. Faut-il que l'Assemblée nationale leur sacrifie les principes de la Constitution ? Ils la menacent, si elle se refuse à cette trahison, de susciter eux-mêmes cet atroce soulèvement contre les citoyens de couleur !

Oubliera-t-on, avec les colons blancs, qu'ils ne sont pas les seuls qui fournissent des matières aux échanges commerciaux entre la métropole et ses colonies ?

Plus ils les vantent, ces échanges, et plus ils nous rappellent que les hommes de couleur ont une très grande part à cet utile mouvement ; que si huit millions de Français sont nourris dans la mère patrie avec le produit des colonies, les citoyens de couleur sont les plus importants de nos nourriciers, puisque le tribut qu'ils payent à nos manufactures est bien plus considérable que celui des Blancs ; car la consommation des premiers sera toujours chez eux, sur leur terre natale, en raison de leur prospérité.

L'expérience[†] l'a prouvé. Elle a prouvé, en même temps, que les aristocrates planteurs, toujours occupés de leur retour dans la

---

[*] *Qu'on saisisse les écrits où le mot même de* LIBERTÉ *est prononcé,* écrivaient, le 12 août 1789, les députés de Saint-Domingue à leurs constituants au Cap.

[†] Voyez l'article *Mulâtres* dans l'Encyclopédie.

métropole, et du faste avec lequel ils espèrent d'éblouir leurs anciens camarades, ne seront jamais, sur le sol colonial, que les plus chétifs des consommateurs : à moins que la révolution ne change totalement leur esprit, leurs mœurs et leurs habitudes.

Mais alors, regarderont-ils les Français mulâtres avec dédain ? Parleront-ils d'armer contre eux les esclaves, pour ôter à la métropole le gage le plus certain et le plus durable, de la prospérité de son commerce avec les colonies ?

Nous ne saurions trop arrêter l'attention des lecteurs sur cette politique menaçante. Elle est, ou une preuve d'insanité, et qu'attendre alors des colons blancs ? Ou l'indice frappant d'une trahison qui se prépare ; et faut-il alors, mettre à leur discrétion, des intérêts qu'ils détestent ?

On a vu qu'ils veulent faire craindre qu'en confondant les Blancs avec les hommes de couleur, il en résulte, chez les esclaves, un désir plus vif de rompre leurs chaînes.

Cette appréhension dont nous avons montré la chimère, est encore combattue par l'expérience.* Mais supposons-la fondée : l'effet de ce désir serait d'autant plus lent, que tous les colons réunis, sans distinction de couleur, auraient le moyen d'assujettir les esclaves à des mesures propres à leur civilisation. Les planteurs peuvent donc envisager, sans nulle inquiétude, le premier pas qui mènerait les esclaves à la liberté.

---

* Si les colons blancs avaient raison dans leurs craintes, il ne faudrait donc pas affranchir un seul Noir ; car ici la parfaite ressemblance doit bien plutôt réveiller, chez les esclaves, le désir de la liberté. Dans les possessions espagnoles, les gens de couleur sont confondus avec les Blancs, et les moyens de liberté donnés aux esclaves, sont nombreux ; et cependant les esclaves ne se révoltent point. Au Brésil un édit, donné en 1757, met tous les sujets de la couronne au même rang ; les enfants d'un esclave sont rendus libres, si leur père est mort esclave : c'est un dédommagement offert par la loi à ces malheureux ; et les idées de liberté que cet état de choses entretient sans cesse, ne portent point les esclaves à la chercher dans la révolte. Les habitations hollandaises, voisines de la Guyane, ne sont distantes que de quelques lieues des peuplades indigènes, ou mêlées avec les nègres fugitifs. Ces peuplades viennent traiter tous les jours, d'égal à égal, avec les Hollandais. Cette circonstance, bien propre à détruire, chez les nègres esclaves, l'idée de supériorité des Blancs, que ceux-ci croient si nécessaire, n'occasionne, chez les Noirs ni révolte, ni de plus grandes désertions que dans nos colonies… C'est sans doute ce qu'ignorent ceux qui clabaudent toujours, et à tout propos ; contre la philosophie. L'homme dénué est, en général, faible et timide ; et les aristocrates, qui savent si bien que le secret de dompter le peuple consiste à le tenir dans la pauvreté, savent bien que les révoltes d'esclaves abrutis sont peu à craindre. Enfin, les Blancs eux-mêmes craignent si peu, dans le nègre esclave, les mouvements de l'homme libre, qu'ils l'arment contre les nègres fugitifs, bandits ou malfaiteurs.

Auraient-ils la même sécurité en armant les Noirs contre les citoyens de couleur ? Ceux-ci armeraient, sans doute, leurs esclaves contre les Blancs : et que deviendraient, dans cette affreuse guerre, la culture et le commerce ? Et les esclaves armés, aguerris, exercés, devenus par cela même les compagnons des vainqueurs, auraient-ils un moindre désir de la liberté ? Auraient-ils, pour l'obtenir des Blancs, s'ils étaient victorieux, plus d'obstacles à vaincre, lorsque la seule population capable de les contenir serait anéantie ?

En entendant de pareilles objections, on croit voir ces enfants gâtés, volontaires et mutins, qui tentent d'effrayer leurs faibles parents, en menaçant de s'ôter la vie, si on résiste à leurs caprices. Se tuent-ils ? Ils s'en gardent bien. Il en sera de même des colons blancs, si la métropole n'oublie pas qu'en effet, ce sont des enfants, et qu'ils ont autant besoin que leurs esclaves, d'une bonne éducation.

Nous avons déjà dit qu'il ne fallait, dans les colonies, que deux classes d'habitants : des hommes libres et des esclaves. Nous ajoutons ici, sur les citoyens de couleur, qu'il n'y a qu'un parti à prendre à leur égard. Ou il faut qu'ils soient les égaux des Blancs, ou il faut qu'un décret de l'Assemblée leur assure la liberté d'émigrer, d'emporter leur fortune et d'emmener leurs nègres : les tempéraments même sont impossibles ou ruineux. Ne pouvant arracher, du cœur des mulâtres, le sentiment pénible et toujours présent, d'une injuste dégradation, cet état forcé exigerait l'entretien d'une puissance qu'il faudrait augmenter à mesure que la population des mulâtres s'accroîtrait : accroissement rapide ; puisqu'il résulte de trois sources différentes, tandis que la population des Blancs n'en a qu'une, qu'affaiblit encore leur constante disposition à rentrer dans la métropole, leur libertinage, et la recherche qu'ils font des femmes riches, quoique vieilles.

La nécessité de cette puissante protectrice, serait une très mauvaise spéculation sous tous les rapports.

Enfin, quelle est donc cette force des aristocrates planteurs, qui empêcherait la métropole de dompter, dans les colonies, UN PRÉJUGÉ DE QUATRE JOURS, tandis qu'elle dompte chez elle des préjugés que les siècles avaient enracinés ?

Prenons Saint-Domingue pour exemple.

On y compte cinq à six cent mille esclaves, quarante à quarante-cinq mille Français mulâtres, et trente mille Blancs,* dont un grand

---

* Cette population est plus considérable que ne la représentent les recensements faits par ordre du gouvernement, même les plus nouveaux. Mais les déclarations

nombre sont attachés aux mulâtres, propriétaires, parce qu'ils espèrent plus d'eux que des colons blancs. Et c'est avec ces proportions si défavorables aux aristocrates planteurs, et plus faibles encore dans les autres colonies, qu'on ose nous faire redouter le mépris qu'aurait l'Assemblée nationale pour la vanité des colons blancs ! C'est sous ces rapports, où la faiblesse des Blancs est extrême, qu'on ne craint pas de menacer la nation, de voir sa puissance échouer devant les colonies,* et qu'on cherche à intimider l'Assemblée, au point de lui faire craindre toute discussion relative à *cette partie de l'Empire* : comme si sa timidité en faisait la sûreté !

À quel point le règne du despotisme aurait-il donc faussé les esprits, engourdi la pensée, disposé aux terreurs les plus absurdes ?†

L'explosion terrible, dont les soi-disant députés menacent, est actuellement faite. Nous l'avons dit, la lettre du 12 août 1789, écrite au Cap par les députés de Saint-Domingue, a mis le trouble dans

---

d'où ils sont tirés, ne sont jamais exactes. Ni les hommes de couleur, ni les pères blancs d'enfants de couleur, ne déclarent tous leurs enfants, afin de leur éviter le service de la milice qui, de l'avis des Blancs, est dur et ruineux. Les recensements sont également défectueux sur la proportion relative entre les Blancs et les hommes de couleur ; parce que beaucoup de ceux-ci taisent leur couleur, dans les déclarations de leurs biens au gouvernement, et sont enregistrés comme blancs dans le cadastre général, lequel n'est composé que des déclarations de tous les habitants.

Non seulement il est généralement reconnu, à Saint-Domingue, que les hommes de couleur sont plus nombreux que les Blancs ; mais cela doit être, si l'on réfléchit aux sources de la population des mulâtres.

Tandis que les Blancs n'ont qu'une origine, les hommes de couleur proviennent, 1° du Blanc et de la négresse, 2° du Blanc avec tous les degrés de couleur, 3° des hommes de couleur entre eux, 4° des hommes de couleur d'un degré rapproché des Blancs, avec les négresses.

* *Les menaces qu'on vous a faites*, a dit M. Lavie à l'Assemblée nationale, dans la séance du 5 mars, *ne peuvent effrayer que les gens qui n'ont rien lu… Il n'y a pas de pays plus faible que Saint-Domingue etc.*

M. Barnave a répondu que la sécurité de l'Assemblée ne devait pas porter *sur la faiblesse de la colonie, mais sur les bonnes dispositions, sur la fidélité et sur l'effet du décret du 12 octobre…* Certes ces garants sont peu satisfaisants, si les bonnes dispositions consistent à rayer les hommes de couleur de la classe des hommes, à en faire *une espèce… si la fidélité* n'est que la violation des décrets, et *si l'effet* de celui du 12 octobre a conduit les Blancs à persévérer dans l'intention d'être les législateurs des colonies !.. M. Barnave a-t-il donc résolu de faire triompher, dans les colonies, tout ce qui ruinerait en France la cause de la liberté ?

† Eh ! c'est bien ce qui enhardit toutes ces coupables intrigues chez les princes voisins de la France, pour la reconquérir au despotisme, et y faire périr la liberté, dans le sang de ses défenseurs. Quelles armées suffiraient à cette criminelle entreprise, si l'on ne comptait pas sur des terreurs paniques, sur les contes qu'elle enfante, et sur les mauvais raisonnements qu'elle suggère !

toutes les colonies, et la fermentation n'a pas cessé depuis, quoiqu'on y fût certain qu'il n'y avait rien à *craindre sur l'affranchissement des esclaves, pas même sur la suppression de la traite.*

Elle durera, cette fermentation, jusqu'à ce que le sort des hommes de couleur soit décidé ; et nous avons vu que nul danger n'oblige à leur ravir le rang de citoyen.

Si les colons blancs craignent le retour que les esclaves feront sur eux-mêmes, en se comparant aux hommes de couleur, à plus forte raison doivent-ils craindre le mécontentement qu'éprouveraient ces enfants des colonies, en se voyant dépouillés ; en comparant leur état à celui de leurs pères et de leurs frères, en voyant les Blancs jouir *exclusivement*, et dans une patrie qui n'est pour eux qu'une station momentanée, *des fruits de l'heureuse régénération qui s'est opérée dans l'Empire français.* Ce mécontentement, sans comparaison plus dangereux que l'inquiétude des esclaves ; ce volcan toujours prêt à incendier les colonies, est-il bien rassurant pour les *relations commerciales* de la métropole ? Que demandent son commerce et la culture des colonies, si ce n'est la paix et la sûreté ? Les trouvera-t-on dans les suites nécessaires de l'insupportable affront que recevraient les Français de couleur ?

Mais supposons l'impossible ; supposons que le commerce des colonies pût supporter constamment la dépense du joug odieux qui contiendrait les hommes de couleur rapprochés de la condition des esclaves ; le commerce pense-t-il à tous les accidents qui pourraient en résulter pour la consommation des objets manufacturés dans la métropole ? Nous avons déjà observé que l'industrie, éteinte dans les hommes de couleur par leur avilissement, les rendrait moins consommateurs. Mais, il y a plus. Les Blancs intéressés à les contenir dans leur infériorité, leur laisseraient-ils le libre usage de leurs richesses, si toutefois ils leur permettent d'en acquérir ? N'a-t-on pas déjà vu la tyrannie des aristocrates planteurs, soumettre les hommes de couleur à des lois somptuaires ; leur défendre de se vêtir à la manière des Blancs ; de faire usage de la soie, des dorures, des voitures roulantes, etc. ? Le commerce se plaignit, il fallut révoquer ces lois insultantes : mais si elles sont de nouveau portées, comme on doit s'y attendre sous le règne des planteurs aristocrates, seront-elles révoquées lorsqu'il ne pourra régner de loi dans les colonies, que celles qu'ils proposeront ?

Si les colons blancs n'avaient pas l'intention de secouer le joug des intérêts de la métropole, et de rejeter, en même temps, les *bienfaits de la régénération*, qui, plus que toutes les lois prohibitives, assureront ces intérêts ; on n'aurait remarqué en eux que des prétentions semblables à celles de toutes les parties de l'empire. Certains d'être écoutés dans tout ce que peut exiger la justice et l'éloignement des colonies, auraient-ils imaginé qu'ils devaient traiter de peuple à peuple ? Où est leur titre ? Et si l'oppression affranchit l'opprimé, si elle légitime les projets d'indépendance, en quoi la nation, qui se réveille pour rappeler dans sa Constitution, la justice, l'humanité, les droits de l'homme, menace-t-elle de les tyranniser ? Ils ne pensent donc pas qu'un peuple qui veut être libre, resserre ses liens avec tous les individus à qui la liberté convient, au lieu de les rompre !

Oui, aujourd'hui, loin de chérir ces intérêts pour lesquels ils montrent une si fausse sollicitude, ils n'ont senti que l'impatience de s'en séparer. En voulez-vous la preuve ?

L'assemblée coloniale se crut à peine le pouvoir de faire des lois pour les colonies, qu'elle ouvrit ses ports aux étrangers. Ainsi, sans aucun préliminaire, sans laisser aux commerçants de la métropole, le temps d'écouler des marchandises importées sur la foi de l'Ancien Régime, et d'en retirer le prix, ceux qui se trouvèrent dans la colonie à cette époque, furent contraints, par la concurrence des étrangers, de vendre à bas prix leurs marchandises, et d'acheter fort cher les denrées coloniales dont ils avaient besoin pour faire leurs retours !

Ce n'est pas tout. Afin que la métropole ne pût pas douter du mépris des colons blancs pour l'intérêt des commerçants de la métropole, un tableau allégorique, placé dans l'intérieur de leur salle d'assemblée, représentait le symbole, non de la révolution arrivée en France, mais de celle qu'ils croyaient faite pour les colonies. La liberté du commerce était figurée par l'affluence des pavillons étrangers, tandis qu'une forteresse, dont le canon menaçait un navire français, servait d'emblème au décret de l'indépendance.

On croyait alors pouvoir insulter la métropole ; aujourd'hui il faut la séduire par de trompeuses alarmes.

Comment les commerçants français auraient-ils si peu de mémoire ? Comment des terreurs imaginaires étoufferaient-elles chez eux le souvenir de l'esprit des colons blancs, et arrêteraient-elles l'usage de leur raison pour apprécier leurs menaces ? Oublierons-nous qu'au milieu des alarmes, que les colons blancs manifestaient contre les prétendus projets de soulèvement dont ils accusaient la Société des Noirs, leur plus grande appréhension eut pour objet les envois de troupes que le gouvernement pourrait ordonner ?* Pourquoi ont-ils craint ces précautions rassurantes, si ce n'est parce qu'ils voulaient résister aux décrets de l'Assemblée, et que de nouvelles troupes eussent été difficiles à séduire contre le sens de ces décrets ?

Si les troupes restaient sous l'obéissance de leurs chefs, nous avons craint, écrivait la députation de Saint-Domingue à ses commettants, *qu'on ne les dirigeât plutôt contre les colons que contre les esclaves...* A-t-on de pareilles craintes lorsqu'on ne songe qu'à rester fidèle à la nation ?

Les amis des colons blancs, ou ceux qu'ils ont su effrayer ou séduire, répandent, *que c'est un parti pris, que les Blancs ne veulent de paix avec les hommes de couleur, qu'au prix d'une soumission qui assure leur respect à la couleur blanche ; qu'ils périront plutôt que de céder...* Méprisable forfanterie ! Ils oublient que, si l'on peut craindre la fermeté et le désespoir du citoyen qui défend des droits avoués par la nature, celui qui veut combattre pour des opinions dont il connaît lui-même la perversité et l'extravagance, est bientôt vaincu par sa conscience et sa lâcheté. »

Et à qui pensent-ils que cette menace en imposerait ? À une nation qui, ne craignant aucune puissance, serait cependant intimidée par quelques colons insensés, quelques armateurs adonnés à un odieux commerce, et quelques créanciers saisis d'une crainte aveugle sur leurs propres intérêts ! Certes, pour établir un aussi étrange contraste, il faut frapper les esprits par les erreurs les plus inconcevables.

Voulez-vous, nous dit-on, que les colonies se déclarent indépendantes ? On a vu des colonies forcées à se séparer de la métropole, par le besoin de la liberté ; on n'en verra jamais céder à la même impulsion par *la soif de la tyrannie !...*

Oui, *la soif de la tyrannie !* Toutes les craintes des colons blancs, sont de voir avancer le règne de la liberté ; tous leurs vœux sont de renforcer les liens de l'esclavage.

Raynal a prédit que la liberté naîtrait dans les colonies... Elle naît en France et ce serait une raison pour que les colonies s'en

---

* Le 18 janvier 1790, les députés ont écrit au ministre, pour le dissuader d'envoyer des troupes à Saint-Domingue ; et à la colonie, pour qu'on *s'y opposât à la descente de tout navire porteur de troupes.* Le ministre a répondu, le 22, qu'on n'enverrait que des recrues ; et, le 4 février, les députés ont demandé que *ces recrues ne partissent point.*

Nous vous prévenons, écrivaient-ils le 6 février à leurs commettants, *que M. de La Luzerne, malgré notre réclamation, fait partir 280 recrues qu'on dit fort mal choisies ; c'est à vous d'aviser au parti qui vous paraîtra le plus convenable.*

séparassent ! Ah ! sans doute, il n'appréhenderait pas ce bizarre évènement ; il s'étonnerait, et qu'on osât en menacer une nation puissante, et que cette nation pût s'en alarmer, et qu'elle pût craindre que de pareilles menaces fussent soutenues dans une île, où tant de citoyens opprimés par un injuste préjugé, soupirent après les lois d'une sage liberté !

Craignez, nous dit-on, *de porter la guerre dans un pays où il est si dangereux de montrer des armes à des esclaves*. Comme s'ils n'en avaient jamais vu ; comme si le libertinage des Blancs, leur luxe, leurs besoins même, multipliant chaque jour les causes qui invitent à la liberté,* ne les forçaient pas à montrer des armes aux esclaves !

Laissez aux colons le soin d'être justes et humains, lorsqu'ils ne le croiront pas nuisible à la prospérité de leur pays. C'est-à-dire, laissez aux colons le soin d'être injustes et inhumains, lorsqu'ils le croiront nécessaire à la prospérité de leur pays !

Et ces mots, dans lesquels toute la question se résout, n'ont pas saisi d'effroi l'âme de celui qui les profère ! Et ceux qui s'expriment avec cette froide cruauté, avec ce langage des plus exécrables tyrans, voudraient nous persuader que leur cœur répugne à l'esclavage, qu'ils proscrivent toute espèce d'aristocratie ! Ah ! qu'ils nous persuadent plutôt leur inconcevable légèreté, qu'ils nous laissent penser, que si ce funeste présent d'un gouvernement sans règles, ni principes, n'est pas encore détruit chez eux, par les méditations de la liberté, il cessera d'influer sur les résolutions législatives, qui décideront du sort des citoyens de couleur.

Passons maintenant des intentions manifestées dans les colonies et dans les demandes des colons blancs, à leurs ruses pour se rendre maîtres de l'opinion publique dans la métropole.

Les aristocrates planteurs se sont servi *heureusement*, disent-ils, *de l'influence des commerçants députés à l'Assemblée nationale*, quoiqu'ils les désignent comme *leurs adversaires* constants ; *ils ont recherché les députés prépondérants, et dans les bureaux, et dans les*

---

* Il suffit des soins que les colons emploient pour le service intérieur de leurs maisons, pour semer dans les Noirs attachés à la culture des germes de liberté. Ceux-ci semblent condamnés à la stupidité, mais les autres développant bientôt leurs facultés intellectuelles, en servant les Blancs, en entendant leurs discours, en jugeant leurs petites passions, en voyant enfin que la différence n'est que dans la couleur de la peau. Il faudra donc, si les Blancs veulent jouir de la liberté dans les colonies, et y maintenir l'esclavage, un régime difficile à conserver, et bien plus difficile à exécuter... Mais encore une fois, ils ne désirent pas la liberté ; ils n'ont besoin entre eux que d'être indépendants de toute loi.

comités, et dans les sociétés particulières, et dans l'Assemblée même, et en ont ramené un grand nombre. Ces succès ont enhardi les soi-disant députés ; et, pour enchérir sur ceux de Saint-Domingue, ils demandent aux *prétendus philanthropes (c'est leur expression) comment, après avoir sacrifié à leur chimérique projet de perfection d'organisation sociale, les intérêts des colons,* CEUX DU COMMERCE ET CEUX DES MANUFACTURES, *ils remplaceront les colonies pour huit millions d'individus qui existent par elles, et qui demandent, avec* DES CRIS MENAÇANTS, *leur subsistance.*

Quels autres, que des hommes dépravés par l'affreux régime de l'esclavage, montreraient autant de perversité ?

Nous leur demandons à notre tour : Où sont donc *les huit millions d'hommes qui réclament, avec des cris menaçants, leur subsistance ?*

Les trouve-t-on dans les campagnes où le laboureur bénit à chaque instant la révolution, par les avantages sensibles et journaliers qu'il en retire ?

Sont-ils dans les ateliers des fabriques et des manufactures, où des demandes multipliées ont rétabli l'activité, depuis que l'Assemblée nationale alimente la circulation ? *

Penseraient-ils donc, ces colons qui ne craignent pas de se montrer si peu instruits, que dans un empire de trente mille lieues carrées, habité par vingt-cinq millions d'hommes, la fertilité du sol, la seule nécessité de nourrir, vêtir et loger cette immense population, ne lui donnent rien à faire ?

Croient-ils que le mouvement, quel qu'il soit, résultant de leurs denrées coloniales, puisse entrer en comparaison avec celui qu'entretient, entre les seuls Français, l'échange de leurs travaux réciproques, lors même qu'ils se renfermeraient dans le cercle étroit de leurs besoins ?

On comprend comment les satellites du despotisme, lorsqu'ils nous forçaient à la pauvreté par leurs exactions, lui vantaient des objets où ses regards ne pouvaient atteindre, pour cacher les tristes lambeaux étendus près de lui…

---

* La fabrique de Rouen est dans la plus grande activité au moment où les soi-disant députés répandent leurs fausses alarmes. Les marchandises manufacturées en France ont partout augmenté de prix, à cause des demandes ; et tous ceux qui vendent aux consommateurs de la campagne, s'aperçoivent chaque jour des progrès de l'aisance, fruit de la constitution, en faveur de cette classe de citoyens si longtemps opprimés.

Mais aujourd'hui que les Français, propriétaires de leur industrie, sont libres de lui donner l'essor, sans craindre qu'elle éveille l'avidité déprédatrice des courtisans, est-il besoin qu'on nous égare par des fables absurdes ?

Nous avons vu les colons blancs chercher à soulever contre nous l'habitant de Paris : qu'ils nous montrent donc leurs grands bienfaits envers la capitale ! Mais que plutôt ils nous montrent comment les habitants des colonies dédaigneront les marchandises de la métropole, maintenant qu'affranchis des pillages du pouvoir arbitraire et de la fiscalité, tous les avantages naturels influeront en liberté sur nos travaux, et notre industrie ! Enfin, qu'ils répondent à l'examen que nous allons faire de leurs calculs !

Huit millions d'hommes en France, s'il faut en croire les soi-disant députés du nord et de l'ouest de Saint-Domingue, sont non seulement *à la solde des colonies*, mais ils en dépendent tellement, que *ces hommes qui en reçoivent la vie et le mouvement, seront à l'instant de la destruction des colonies, condamnés aux horreurs et aux funestes tentations de la misère, et que le reste des habitants de la France sera livré au désespoir de ces huit millions d'hommes.*

Aidons à l'ineptie que les soi-disant députés ne craignent pas de mettre au jour ; supposons l'état de choses le plus favorable à l'importance romanesque qu'ils voudraient donner aux colonies ; supposons que les exportations de la métropole sont un produit pur de son sol et du travail des citoyens.

Dès lors, la valeur de ces exportations, les frais qu'elles occasionnent, et les bénéfices qu'elles produisent par les retours, doivent représenter toute la dépense que peuvent faire *huit millions d'hommes, pour leur entretien.* Cette conséquence est inévitable.

Ces exportations, suivant les états dressés dans le bureau de la balance du commerce, où présidait M. Dupont, député de Nemours, qu'on ne peut pas soupçonner de vouloir affaiblir les avantages de sa patrie,* montent en objets d'origine nationale, à environ 50 millions. Savoir, 16 en comestibles, 3 en métaux, matériaux à bâtir, et autres pour l'équipement des navires, et 31 millions en objets manufacturés ou produits d'industrie, y compris pour un demi-million de drogueries et d'épiceries.

---

* Nous savons tout ce qu'on peut alléguer contre l'exactitude de ces états… Mais les personnes exercées aux grandes affaires, verront bientôt qu'on ne peut critiquer nos calculs, qu'en rendant les exagérations des colons blancs encore plus absurdes.

On y ajoute, 10 millions et demi d'exportations sur la côte d'Afrique,* dont les deux tiers sont en objets d'origine nationale, et un tiers d'origine étrangère, mais payés avec des produits nationaux.

Plus 20 millions pour les frais de transport, que gagnent 590 navires français.†

Plus 6 millions et demi pour les frais du transport des marchandises en Afrique, et des nègres qu'elles servent à acheter.

Voilà 86 millions qui, d'une manière ou de l'autre, seraient, dans le système des soi-disant députés, distribués aux huit millions d'individus *à la solde des colonies*. C'est leur avance.

Allons plus loin. Le commerce français fait passer aux colonies pour 27 millions de marchandises fournies par des étrangers, auxquels il faut les payer en argent. Ces exportations ramènent sur les mêmes vaisseaux, pour 194 millions de denrées coloniales dont la somme se réduit par conséquent pour la métropole à 167 millions.**

C'est-à-dire que la métropole retire des colonies 81 millions de plus que la valeur de ce qu'elle y envoie.

C'est ici surtout, que pour favoriser l'opinion de tous ces habiles calculateurs, nous supposons l'impossible, c'est-à-dire que ces 81 millions, dont une partie doit appartenir aux colons, et servir à payer d'anciennes dettes ou des intérêts, sont néanmoins un profit annuellement acquis, et sans qu'il faille en rien distraire, aux huit millions de Français vivant, dans la métropole, du pain que leur donnent les colonies ; qu'ainsi ils ont à partager entre eux, chaque année, 167 millions.

Combien cette somme donne-t-elle à dépenser par jour à chacun de ces huit millions de Français, l'un portant l'autre ?

---

* Pour payer les nègres.

† Ces frais portent sur 166 millions de marchandises exportées et importées. Ils sont par conséquent prodigieux. Mais la navigation française est, sans comparaison, la plus chère de toutes, par la raison que les préjugés, maintenant détruits, empêchaient les citoyens d'honorer tout ce qui tenait au commerce. La chute du préjugé rendra les services de la marine marchande aussi bon marché que ceux des autres nations. Pourquoi désormais seraient-ils plus coûteux ?

** Nous ignorons sur quel pied les évaluations ont été faites ; mais nous laissons une marge considérable pour les erreurs en plus, et nous sommes bien loin d'atténuer le résultat du commerce des colonies, comme servant à faire vivre en France, huit millions d'hommes, ou suivant M. Mosneron l'aîné, le quart de sa population. Car entre ces Messieurs, quelques millions d'hommes de plus ou de moins, ne sont pas une affaire. Six, 8, 10, etc., la multiplication miraculeuse des pains n'est rien en comparaison des miracles que font les colonies.

Treize deniers ; ce que l'un a de plus est pris sur l'autre.

Voilà le fruit de leurs travaux ; voilà ce que retirent cette foule *d'agriculteurs, de manufacturiers, d'artistes, de commerçants* qu'on irrite contre nous, pour arracher de l'Assemblée nationale des décrets qui violent ses principes, qui livrent les colonies aux ennemis de la régénération !

Mais, en analysant le tableau que présentent les colons blancs, que résulterait-il du commerce des colonies avec la métropole ?

Que si 167 millions doivent être partagés entre un certain nombre d'individus privés de toute autre ressource, et suffire à leur subsistance, ce nombre ne peut être tout au plus, que de quatre cent mille, au lieu de huit millions.

Mais comme, dans la vérité, cette dépendance absolue des colonies ne regarde qu'un très petit nombre d'individus, voici les vérités qu'il faut tirer de cette controverse.

> 1°. *Plus* on supposera d'hommes intéressés, directement ou indirectement, au commerce des colonies, et *moins* le sort de chacun d'eux en dépendra ;
>
> 2°. *Plus* les colons blancs, ou leurs défenseurs, amplifient le nombre de ces intéressés, et *moins leurs* menaces sont effrayantes ; car chacun de ceux-ci perdra moins, si les colonies nous échappent, que s'ils étaient peu nombreux ; en sorte qu'il serait désirable que les produits attribués aux colonies, se partageassent entre huit millions d'hommes, et plus si l'on veut ; parce qu'alors rien n'est moins inquiétant pour la nation ; et qu'il sera d'autant plus absurde de vouloir qu'elle renonce aux principes de la Constitution, dans une partie de l'Empire, pour des intérêts aussi prodigieusement divisés.

C'est ainsi que se méprennent les hommes qui ne peuvent donner pour base à leurs déclamations, que leur passion, leur ignorance, ou leur mauvaise foi.

Nous dira-t-on que nous n'envisageons pas le commerce des colonies sous son vrai point de vue ; qu'il faut considérer l'argent que les denrées coloniales font rentrer annuellement en France, comme étant la cause de ce que la balance du commerce est en sa faveur, et calculer non seulement les hommes employés par les manufactures qu'alimentent les objets *exportés* aux colonies, mais encore ceux qu'occupent les objets importés des colonies ; lesquels hommes, suivant M. Mosneron l'aîné, député du commerce à Nantes, forment le quart de la population de France ; lequel quart serait perdu, si l'on perdait les colonies ; ce qui obligerait *le reste de la population française à se soumettre à des lois somptuaires très austères ; sans quoi, elle deviendrait en peu de temps aussi pauvre et aussi misérable que le peuple de la Pologne ?*

Mais ce point de vue conduit au même résultat. Aucun de ces hommes employés dans les travaux que les colonies entretiennent ne mange l'or. Ce métal n'est qu'agent dans les travaux ; il faut toujours, pour juger de leur importance, en évaluer la somme, comme représentant ce que chacun des individus retire, sous une forme ou sous une autre, de la part qu'il prend à ces travaux. Ainsi, suivant M. Mosneron l'aîné, les 167 millions,* somme totale du produit des travaux et des bénéfices, se partageraient entre six à sept millions d'hommes, au lieu de huit.

Si notre analyse donne un résultat différent de ce que pense M. Mosneron sur le sort de ces six ou sept millions d'hommes qu'il fait dépendre des colonies, nous l'invitons à développer l'incompréhensible mystère que renfermeraient alors ses assertions.

Ou il ne les conçoit pas lui-même, ou il est en état de montrer, par des faits et des chiffres, des résultats *coloniaux* qui donnent réellement au quart de notre population, sa principale SUBSISTANCE.

En attendant, nous observerons que ces pompeuses assertions dénuées des détails propres à les faire comprendre, n'apprennent rien aux hommes d'état ; qu'elles ne servent qu'aux discours des charlatans ; et que des législateurs doivent avoir sur l'économie politique, des idées plus nettes et plus précises.

Quand on parle *d'une balance commerciale apportant chaque année 70 millions de numéraire en France,* on s'exprime sans doute d'une manière figurée ; car le numéraire du monde entier, et la France elle-même, ne supporteraient pas une pareille exportation et importation métallique. La présence du numéraire ne prouve rien en faveur de cette balance ; il peut aussi bien être le résultat d'une dette contractée chez les étrangers, que d'une balance qu'ils paieraient

---

* Répétons ici le compte.
  Exportations, fruit des travaux dans la métropole : 86 millions.
  Exportation, fruit de travaux étrangers payés en argent ou denrées coloniales : 27
  Total de l'exportation : 113 millions.
  Importation 194 millions, dont déduit l'avance, reste en bénéfice : 8l millions.
  Montant de l'avance, fruit des travaux de la nation : 86
  Total à partager entre les travailleurs de la métropole : 167 millions.

accidentellement de cette manière. Ainsi les soi-disant députés et leurs amis, sont très répréhensibles, lorsque, abusant de ce qu'ils n'entendent pas, ils répandent, pour animer la multitude contre la Société des Amis des Noirs, qu'elle veut tarir en France la source du numéraire.

Si la France reçoit plus qu'elle ne donne, (et cela doit être par la nature des choses, même sans colonies, si le gouvernement ne la contrarie pas) il est indifférent qu'elle reçoive l'excédent en commodités, en matériaux propres à l'industrie, ou en métaux.

Quand à la somme de l'excédent, loin de pouvoir l'articuler, on ne peut pas même la présumer. Cette connaissance ne peut résulter que d'une entière liberté de commerce, et d'enregistrements difficiles à concilier avec cette même liberté. Or, comme elle est à peine établie en France, si les enregistrements instructifs sont possibles à l'avenir, il est du moins certain qu'on n'a pas encore pu les faire assez exacts pour mériter quelque attention.

La même obscurité enveloppe le rapport de l'exportation des denrées coloniales avec la balance du commerce en faveur de la France. Ceux qui croient que cette balance est de 70 millions, et que l'exportation des denrées coloniales s'élève de 70 à 75, adoptent des assertions entièrement dépourvues de preuves. Elles ont été mises en crédit, par un ouvrage dont nous ne contestons pas le mérite, mais qui, sur les affaires de commerce, ne contient que des erreurs de bureaux ministériels, de ces bureaux inventés, non pour acquérir des lumières, mais pour créer des places.

D'ailleurs, M. Necker, en évaluant l'exportation des denrées coloniales à l'étranger de 70 à 75 millions, convient lui-même que le puissant appas de la fraude fait déclarer pour l'étranger, des expéditions qui restent ou rentrent dans le royaume par les manœuvres de la contrebande. Comment a-t-il donc pu s'instruire du montant des exportations françaises dans l'étranger ? Est-ce dans un ordre de choses qui s'oppose à tout calcul, qu'on doit s'exposer à donner des notions fausses, comme des réalités incontestables ?

Mais, admettant que l'exportation des denrées coloniales s'élève à la somme annuelle de 70 à 76 millions, serait-ce la preuve d'un état de choses si prospère, qu'il faille tout lui sacrifier ? Et peut-on dire qu'il ne puisse pas devenir meilleur, en faisant régner dans les colonies, comme en France, la liberté, la justice, et par conséquent l'humanité ?

Encore une fois, nous sommes loin de vouloir déprimer le commerce des colonies ; mais nous croyons qu'il peut gagner infiniment, si l'Assemblée nationale veut, comme elle le doit, ne point séparer les colonies de la France, et, comme un père également paternel pour tous ses enfants, ne s'attacher dans les biens qu'elle leur prépare, qu'à l'intérêt de la famille.

Qu'on nous permette donc de rappeler les vrais principes, en montrant sur les denrées des colonies, que leur exportation si vantée ne décèle pas encore une grande prospérité nationale.

Qu'est-ce que le sucre ? Un baume salutaire et nourrissant. Quiconque peut en user, a incontestablement un bien de plus en sa possession.

Il en est de même du café. Il réveille les esprits, sans user le corps. Au lieu d'être, comme les liqueurs fermentées, ennemi des facultés intellectuelles, la vraie richesse des États, il en est l'ami.

Eh bien, les Français usent fort peu de ces bienfaits de la nature, quoiqu'ils en connaissent tout le prix ; ils ne sont pas encore assez riches. Si leur aisance était plus grande, le sucre importé en France suffirait à peine à ses habitants ; les colonies n'en fournissent pas 40 livres par an, pour chaque chef de famille. Les Anglais en consomment beaucoup plus. Suivant les tables de *Sheffield*, ils en reçoivent, à peu de chose près, autant que la France, et n'en exportent pas.

La quantité de café importé en France par les colonies, équivaut à environ quinze livres par chef de famille ; il s'en faut prodigieusement qu'il ne les consomme.

Les autres objets importants, fournis par les colonies, consistent en coton et en indigo. Ce sont des matériaux, précieux pour l'industrie casanière. Il en arrive, dans les ports de France, pour une quarantaine de millions ; et une nation de vingt-cinq millions d'âmes, posée sur le premier sol de l'univers, ne peut pas encore les employer !… Est-elle stupide ? Au contraire, elle est pleine d'esprit et d'imagination. Est-elle paresseuse par tempérament ? Tant s'en faut ; son activité mise en liberté, surpasse celle de tous les peuples… Mais le despotisme a tout découragé, tout engourdi chez elle ; la pauvreté, qui suit le défaut d'industrie, et qui force à toutes les privations, y est générale… Et l'on nous vante cet état, qui force à l'exportation de denrées qu'un peu d'aisance porte à consommer ! L'on peut vanter, comme le signe d'un commerce opulent, l'exportation de nos denrées coloniales !… Que prouvent ces erreurs ? L'habitude de l'ignorance, de l'irréflexion, et le danger de s'abandonner à des calculateurs qui comptent si mal, à des commerçants qui ignorent encore les vrais succès du commerce, et les vraies bases de la prospérité des empires.

Le plus riche, le plus avantageux de tous les commerces, c'est celui que les enfants de la patrie font entre eux. Le plus respectable des commerçants, c'est celui qui, pendant que les uns s'évertuent à multiplier les productions du sol, encourage les autres à s'adonner aux manufactures, pour l'usage de ses compatriotes ; et va chercher au loin, d'autres productions, propres à augmenter leurs jouissances, ou alimenter le genre de travaux dont les fréquents échanges, entre les citoyens du même empire, sont le principal but. En un mot le commerce avec les étrangers le flatte peu, tant que les objets qu'il leur envoie sont des privations pour ses frères, au lieu de n'être que des superflus.

Mais que faut-il, pour que l'esprit commercial, vraiment patriotique, anime enfin tous les commerçants, et change leurs habitudes ? Le règne franc et loyal de la liberté, de la justice, et des opinions raisonnables, dont l'esprit d'égalité est l'unique source, et surtout un respect religieux pour les droits des hommes…

Français, nous vous le demandons, un homme juste, humain, généreux, ami de l'ordre, de la paix et des principes constitutionnels, peut-il commercer dans vos colonies ?

Laissons à l'écart, le hideux spectacle de l'esclavage.

Interrogez vos négociants expérimentés. Combien vous diront qu'ils ne redoutent rien autant, que le crédit qu'il faut faire aux colons blancs, pour commercer avec les colonies ! Ils vous diront que la démarche la plus dangereuse qu'on pusse y tenter, c'est d'y demander justice ; qu'on n'y voit régner que les allures, les caprices, l'ignorance, et l'anarchie du despotisme.

Cet état de choses favorise-t-il une plus grande consommation des denrées coloniales, dans la métropole ? Non. Dans le régime des colons blancs, régime constamment ennemi de la liberté, et des bonnes mœurs, ces denrées seront toujours plus coûteuses ; et tandis qu'il faudrait les mettre à portée des facultés du plus grand nombre des Français, elles auront besoin, tant que ce régime durera, de riches consommateurs ; c'est-à-dire que leur consommation, dans la patrie, sera limitée.

Et c'est pour maintenir ce régime, indigent pour la nation, et riche pour quelques individus, qu'on cherche à égarer votre imagination par de fausses notions, sur la nature des rapports commerciaux entre les colonies et la métropole !

Français, consentirez-vous, respectant des mensonges, à rendre ainsi les colons blancs, arbitres de votre prospérité ? Enchaînerez-vous votre puissance législative à la plus corrompue des administrations ? Attacherez-vous à votre corps, destiné à devenir sain et vigoureux, un ulcère qui continue à l'infecter de ses poisons ?

Commerçants, daignez nous écouter ! Ces vérités, ce serait à vous à nous les apprendre. Ce serait à vous à vous défier de ces opinions précipitées, qui ne servent qu'à l'erreur. Pensez, que c'est principalement au commerce que le genre humain doit sa liberté ; que c'est à la lutte continuelle de vos intérêts particuliers, contre les gênes, les privilèges, les surprises fiscales ; que c'est à l'indignation que vous causent les injustices et les partialités des gouvernements tyranniques, lorsqu'elles compromettent vos spéculations, que nous sommes redevables de ces méditations bienfaisantes, qui ont enfin répandu une vive lumière sur les droits de l'homme...* Pourquoi donc, esclaves à votre tour des colons blancs, combattriez vous aujourd'hui des opinions qui ont ennobli le commerce ? Voudriez vous le voir retomber dans le mépris ?

Mais, poursuivons les objections de nos adversaires.

Quant aux manufactures alimentées par les objets exportés aux colonies, nous osons dire qu'il n'y a pas en France une seule manufacture importante, qui doive son existence aux colonies. Les grands ateliers n'en dépendent point ; et, pour s'en convaincre, il ne faut que jeter les yeux sur le tableau des exportations directes de la métropole pour les colonies.

Les objets manufacturés, d'origine nationale, savoir *les toileries, draperies, rubaneries, bonneteries et autres*, y sont évalués à 20 millions et demi ; et ceux d'origine étrangère, mais de nations payées par nos produits, à cinq millions. D'autres articles, désignés comme *objets particuliers d'industrie*, sont évalués à un peu plus de dix millions. C'est en tout trente-six millions...

Mais tous ceux auxquels on donne une origine nationale, l'ont-ils ? Les colons eux-mêmes le nient. Dans les moments, où perdant de

---

* Il ne restait plus aux exagérateurs qu'à représenter le commerce des colonies comme l'étincelle électrique développant une activité de proche en proche uniquement productive, qui, n'ayant pas le commerce pour objet, ne laisse pas de l'avoir créé. Admettons encore cette fable : qu'en résultera-t-il ? Que nous pouvons rendre maintenant aux colonies bienfaits pour bienfaits ; et que, les faisant jouir des inestimables avantages de la liberté, et protégeant dans leur sein les droits des hommes et du citoyen, nous leur rendrons au centuple tous les germes de prospérité qu'elles peuvent nous avoir prêtés.

vue les Noirs et les hommes de couleur, ils ne songent qu'au privilège des commerçants de la métropole,* ils se plaignent hautement que ceux-ci leur vendent, pour manufacturées dans la métropole, des marchandises étrangères.

Et pourquoi cela ne serait-il pas ? Le régime français a-t-il été favorable aux manufactures ? N'a-t-il pas au contraire éternellement favorisé la contrebande ? N'a-t-il pas créé en France une nation redoutable de contrebandiers ? Il n'y a pas jusqu'aux malheureux nègres, qui ne soient fournis par le commerce étranger. Les Anglais en fournissent le plus grand nombre à nos colonies, quoique aucune prime ne les encourage ; et les nègres achetés par les Français, sont presque entièrement payés avec du numéraire et des marchandises étrangères.[†]

Les soi-disant députés diront-ils, que la France sera bien malheureuse, lorsqu'au lieu d'envoyer dans les colonies des farines, des viandes salées, du poisson, du beurre, des légumes, ces provisions seront consommées dans la métropole ?

Cette perfidie serait digne de leurs moyens. Et, en effet, ils se sont bien gardés de publier dans leur lettre, que les colonies réclament, comme un objet de justice et de bonne administration, la liberté de recevoir dans leurs ports, les comestibles, de quelque part qu'ils viennent ; quoique ces comestibles aient formé le plus souvent, la partie des cargaisons de la métropole, à laquelle les spéculateurs attachaient le plus de prix.

Nous avons vu des colons, reprocher aux commerçants toutes les plaintes, toutes les alarmes que ceux-ci répandaient pour se maintenir dans le privilège d'affamer les colonies. Ils leur ont donné le défi de prouver que l'abandon de ce funeste monopole pût faire aucun tort à la mère-patrie.

---

[*] Les députés de Saint-Domingue, réfléchissant que *l'autorité serait dans la main des colons*, proposaient, comme une adroite politique, *d'abandonner celles de leurs demandes qui les divisaient avec le commerce ; avec lequel*, ajoutent-ils, IL EST SI INTÉRESSANT *pour nous de faire cause commune sur les objets majeurs*. Lettre du 11 janvier 1790.

[†] Les tableaux que nous avons sous les yeux, portent à 17 millions, l'exportation de France sur les côtes d'Afrique ; savoir, 6,780,000 livres en boissons, comestibles, draperies, toileries, verroteries, et autres articles *d'origine nationale* ou soi-disant telle ; 3,747,000 livres de marchandises étrangères, qu'on suppose payées avec des productions françaises, et 6,473,000 livres de marchandises étrangères, qu'on suppose payées en argent. On peut affirmer que ces relevés sont fort au-dessus de la vérité ; et que la métropole est loin de cette exportation, toute chétive qu'elle serait.

Ces plaintes seraient bien plus méprisables, aujourd'hui que ces tristes exportations ne sont plus nécessaires à la métropole, et c'est un point sur lequel il est important de s'arrêter. En le discutant, on verra que, guidés par un seul principe invariable, par la justice universelle, nous n'envisageons qu'elle, dans les discussions entre les commerçants français et les colons, et que nous ne sacrifions point les derniers à la prévention qu'on pourrait nous supposer pour la métropole.

Nous n'hésitons pas à dire que nous sommes arrivés à l'heureuse époque où la métropole ne doit plus envier, ni se conserver, le privilège exclusif d'envoyer des comestibles aux colonies. Cet état de choses pouvait être commandé par la voracité du despotisme ; combien d'hommes en France cultivaient alors le froment sans pouvoir s'en nourrir ? Combien de citoyens épuisés par le travail, et nourrissant des bestiaux, ne pouvaient se restaurer avec le suc de quelque chétif morceau de viande ? C'était le besoin de s'en priver pour payer des impôts désastreux, et non la surabondance, qui portait ces denrées dans les colonies. Ces impôts, instruments de misère maintenant détruits, nous n'avons plus à les payer par des privations ; nos grains, nos viandes, notre marée, serviront désormais à nous mieux substanter, tandis que les colons eux-mêmes seront plus abondamment pourvus, eux et leurs esclaves, en ouvrant leurs ports aux comestibles de tous les pays, où le sol, aussi fertile que le nôtre, a infiniment moins d'habitants à nourrir.

Quel Français oserait désavouer ce langage de l'humanité, de la raison, de la saine politique ? Aucun. Nous ne voyons donc point où sont les grands désastres qui tomberaient sur nos fabriques et sur notre agriculture.

Frapperaient-ils sur les cultivateurs et les propriétaires des vignes ? Mais rien n'annonce parmi eux, la crainte que leurs vins soient sans consommation. Ne croyant pas à la dépopulation des colonies, ils se confient, et avec raison, dans la convenance générale de leurs vins.

Quant aux hommes employés pour les objets importés des colonies, nous avons déjà observé que les productions destinées aux manufactures, sont encore loin de pouvoir être acquises en entier par les entrepreneurs des manufactures nationales ;* ainsi ces hommes sont peu nombreux.

---

* Les cotons de nos colonies alimentent ces manufactures anglaises, si perfectionnées, que nous ne tarderons pas à imiter, puisque nous avons maintenant tout ce qui leur a donné naissance. — Les cotons des colonies anglaises sont loin de suffire aux manufactures de la Grande Bretagne.

Entend-on parler du mouvement de transport que la totalité des productions coloniales entretient sur terre et sur mer ?

Sur terre, celui qui a lieu ne peut pas se perdre. On prend toujours le plus court chemin, pour les objets dont le transport est coûteux ; et le transit de la France va être libre ?

Sur mer, le mépris que les Français ont fait jusqu'à présent de la navigation à fret, appelée grand cabotage, a jusqu'ici presque entièrement dévolu ce profit aux étrangers.

Quoiqu'il en soit, pense-t-on, lorsqu'on donne une aussi grande importance à ce mouvement, le comparer à celui qui résulte du transport des seules productions du continent français, abstraction faite de tout ce qui peut appartenir, directement ou indirectement, au commerce des colonies ?

Enfin ne dirait-on pas, à entendre M. Mosneron, que tous les États prospères ont des colonies ; et que ceux qui en sont privés, sont sans commerce, sans industrie, sans numéraire ; qu'une affreuse misère les enveloppe ?

Le Brabant a-t-il des colonies ? La Suisse a-t-elle des colonies ? L'Allemagne a-t-elle des colonies ? Sont-ce des pays barbares ? S'ils le sont, si le peuple y est pauvre, faute de colonies, pourquoi M. Mosneron va-t-il chercher l'exemple ridicule de la Pologne pour effrayer les Français, dans le cas où, comme leurs voisins, ils seraient obligés de faire venir leur sucre et leur café de l'étranger ?

On ne prouve rien quand on veut trop prouver ; et puisque nous avons vu la France ne pas succomber lorsque le trésor public retenait tant de capitaux nécessaires à la circulation, capitaux équivalents à cinq ou six années du produit des colonies, nous pouvons croire que le sort de l'Empire n'est pas tellement attaché aux exportations et aux importations coloniales, que ses législateurs ne puissent oser courir le très petit risque de mettre à la raison une poignée de séditieux, qui, nous ne cesserons de le répéter, haïssent la liberté, veulent donner la loi à la métropole,* la contraindre à favoriser leurs passions, par les plus odieuses exceptions.

---

* Jugez-en par le fragment suivant, de la lettre des députés de Saint-Domingue, du 11 janvier 1790. Ils écrivaient que la *circonspection* que leur inspirait l'*ordre de choses* nouvellement établi par l'Assemblée nationale, était *devenue*, pour eux, une espèce de terreur, *lorsqu'ils ont vu la Déclaration des droits de l'homme pour base de la constitution, l'égalité absolue, l'identité des droits, et la liberté de tous les individus.*

Qu'ils cessent donc de chercher à soulever nos manufactures. Elles n'existeraient plus depuis longtemps, si les travaux qui les soutiennent dépendaient des colonies. Les intérêts pour lesquels on les fait parler, sans les consulter, leur sont étrangers. Des colons, que la chaleur du climat dispense de ces besoins fréquents qui animent les grands ateliers d'une nation puissante, n'ont jamais été d'une grande ressource pour elles ; et nous avons déjà observé qu'en tenant les citoyens de couleur dans l'avilissement, les intérêts de la métropole seraient attaqués dans ses plus fidèles citoyens et dans ses consommateurs les plus précieux.

Il en est donc de l'opinion que les colons blancs cherchent à faire prévaloir sur l'importance des rapports commerciaux entre la métropole et les colonies, comme de leurs menaces. L'exagération insensée, le mensonge, la calomnie ont dicté contre nous leurs écrits, en même temps que la ruse et la perfidie conduisaient leurs démarches.*

Résumé de la première partie de l'Adresse.

Nous avons démasqué les prétentions d'une classe d'individus qui, sans aucun titre, usurpent la représentation des colonies. On le voit maintenant, la métropole n'est rien pour eux ; la liberté les afflige ; ils veulent l'éviter comme on évite les tyrans.

Il est prouvé que la plupart des planteurs, admis au nombre des députés de la nation, n'y siègent que pour l'égarer, que pour y exercer l'espionnage, et susciter dans les colonies des obstacles à la régénération ; — que, profanant le caractère de législateur, ils ont eux-mêmes fabriqué d'odieux libelles† contre la Société des Amis

---

* Témoin les mesures prises pour empêcher les citoyens de couleur qui se trouvèrent en France de retourner aux îles ; les sollicitations envoyées aux colonies, pour gagner cette classe par des promesses ; les alarmes répandues en France, sur de prétendues révoltes de Noirs, et cependant une opposition constante aux mesures auxquelles ces mêmes alarmes faisait résoudre.

† « Nous avons répandu avec profusion, disent les députés de Saint-Domingue à l'Assemblée nationale, quelques écrits propres à rectifier les idées... L'excellent écrit de M. de Rouvray a porté dans l'opinion publique le coup le plus violent à cette société... ; elle a été même abandonnée par plusieurs de ses membres, quand ils se sont vus dénoncés à l'exécration... ». On peut juger combien doivent être

des Noirs ;[1] — qu'ils ont empêché les premières mesures qui eussent garanti les colonies des excès dont les Français blancs se sont rendus coupables envers les Français de couleur.

Il est prouvé qu'ils ont jusqu'ici, privé par des mensonges, les députés de ces citoyens qu'ils prétendent placés au-dessous d'eux par la nature,[*] d'une représentation à laquelle ils avaient le même droit que les citoyens blancs. — Il est prouvé qu'ils se sont surtout enhardis, lorsqu'ils ont pu croire qu'ils maîtriseraient les opinions d'un protecteur accrédité et sans expérience, d'un protecteur qui, pour éviter le soulèvement des consciences dans l'Assemblée nationale, y eut assez d'ascendant, pour faire rejeter toute discussion.[†]

Nous avons montré qu'en accordant aux colons blancs, *l'initiative* qu'ils demandent, *sur l'état des personnes*, et sur le *régime intérieur* des colonies, on livrait à des préjugés insensés ou barbares, et à une avidité ruineuse, non seulement le sort des esclaves, et celui de la portion la plus précieuse des colons, mais encore le sol des colonies ; — que la saine politique et l'humanité réclamaient, avec une égale force, contre la concession de ce droit ; — que les colons blancs ne réunissaient, ni les lumières, ni l'esprit public, ni les mœurs nécessaires, pour mériter aucune confiance sur les matières de législation *coloniale* ; — que les expédients qu'ils proposent, prouvent également, et leur impéritie, et le mépris qu'ils font des bonnes mœurs ; — que les dangers auxquels les colonies ont été exposées, sont l'ouvrage de la passion et des

---

excellents des écrits de M. de Rouvray planteur européen, dénonçant à l'*exécration* la Société des Amis des Noirs.

[1] Laurent-François Le Noir, « marquis » de Rouvray (1733–1798). D'une famille normande, il avait épousé une créole en 1768, après avoir participé à la guerre d'indépendance des États-Unis. Député de Saint-Domingue, familier des clubs de Valois et de Massiac, il rédigea, pour le compte de ce dernier, *De l'état des nègres relativement à la prospérité des colonies françaises et de leur métropole*, contre les Amis des Noirs. *(Note de l'éditeur)*

[*] « Il y a un moment, disaient les députés de Saint-Domingue, lorsqu'ils voulaient gagner les citoyens basanés, où la nature *fait grâce* aux gens de couleur, du signe visible de leur origine ! Nous pensons, disent-ils ailleurs, qu'il vaudrait mieux qu'ils tinssent de votre justice et bienveillance (*des colons blancs*), ce que vous croirez pouvoir leur accorder, *sans nuire au respect dû à la couleur blanche* ». Le respect dû à la couleur blanche de MM. Moreau de Saint-Méry ! Cocherel ! Boursel !

[†] Comme s'il pouvait exister un plus important objet de discussion pour la régénération d'un Empire, que l'*état personnel* de ceux qui le composent ! comme si le plus funeste exemple qu'on pût donner dans une Assemblée, n'était pas celui d'une cabale assez forte pour faire passer les décrets sans discussion !

projets d'indépendance de plusieurs d'entre eux ;* — que sans leurs complots contre les citoyens de couleur, et contre les décrets des 8 et 28 mars, aucune fermentation n'y eût pris un fâcheux caractère ; — que les sentiments d'humanité et de justice, ont moins d'empire sur les colons, qu'une irascibilité sanguinaire, fruit de leur vanité ; — que le point de vue sous lequel ils veulent faire envisager les Français de couleur, est un outrage à la nature et aux droits des hommes, une preuve de la dépravation du caractère des Blancs ; — que les citoyens de couleur, envisagés sous le rapport des conditions qui rendent propres aux fonctions législatrices, auraient plus de droit à ces fonctions que ceux des colons blancs qui, jusqu'ici, se sont fait connaître par leur conduite et leurs principes ; — que les Français mulâtres se sont toujours bien comportés, et présentent, par leur civisme et leur courage, beaucoup plus de cautions pour la sûreté des colonies, qu'on ne peut en attendre des colons blancs ; — que les soi-disant députés, aussi peu instruits des matières de commerce, que du droit public et de la politique des États libres, ne connaissent pas les objets dont ils parlent, lorsqu'ils prétendent alarmer les Français, sur le sort de leur *commerce*, de leurs *manufactures*, de leur *numéraire*, de leurs *subsistances*, de la *dette publique*, de la *Constitution même*, dans le cas où, l'Assemblée nationale, rejetterait les lois impérieuses qu'ils prétendent lui dicter ; — qu'ils supposent méchamment, dans les travaux actuels de la métropole, une calamité qui n'existe point ; — que si d'injustes planteurs, insensibles à la liberté de leurs frères, et sans force, peuvent causer quelque inquiétude, on doit à plus forte raison, craindre pour la paix, lorsqu'on outrage une population plus nombreuse ; et qu'on prend pour la dépouiller, l'époque d'une révolution qui restitue à l'homme social tous ses droits.

Tels sont enfin, le caractère de fausseté, l'atrocité et la trahison envers la métropole, répandus dans toute la lettre des soi-disant députés, que si ceux qui l'ont signée ne sont pas en démence, ils ne peuvent échapper à l'indignation publique, jusqu'à ce que, de retour chez eux, on leur demande compte d'une conduite aussi contraire aux intérêts des colonies, dont ils osent se prétendre les défenseurs.

---

* « Les nouvelles de la révolution de la Martinique, et les insurrections des nègres (supposées), ensuite la révolution du Cap, *sont venues nous aider*, et nous pouvons vous annoncer *une position plus heureuse* ».

« Nous pensons que l'assemblée coloniale, ou les assemblées provinciales peuvent hardiment *appeler les Américains à leurs secours* dans tous les ports de l'amirauté, s'il y a lieu ». *Lettre des députés de Saint-Domingue, écrite le 11 janvier 1790 à leurs compatriotes.*

Seconde Partie.

Opinions générales de la Société des Amis des Noirs.

Nous devons maintenant rendre compte de nos opinions. On n'a pas cessé, on ne cesse pas de les calomnier. Le lecteur va les juger comme il vient de juger de notre conduite, dans tout ce qui concerne les colonies. Nous allons faire notre profession de foi, sur l'esclavage, sur les Français mulâtres, sur la traite, et sur les différents rapports de la métropole avec les colonies.

§ I.

Sur l'esclavage.

Dans tous les pamphlets, dans tous les libelles qui ont été publiés contre nous, on nous a, sans preuve et malgré nos démentis perpétuels, accusés de demander l'affranchissement subit de tous les esclaves. Nous le répétons, c'est un odieux mensonge.

Nous croyons bien que tous les hommes naissent libres et égaux en droits, quelle que soit la couleur de leur peau, quel que soit le pays où le sort les fasse naître.

Nous croyons bien que nul homme ne peut aliéner sa liberté, que nul homme ne peut, sous quelque prétexte que ce soit, ravir la liberté de son semblable, que nulle société ne peut consacrer ou légitimer un pareil brigandage.

Nous croyons bien, que malgré les lois, les habitudes, les usages contraires, l'esclave reste libre, parce qu'on ne peut prescrire contre la nature ; qu'en conséquence, la restitution de la liberté n'est pas un bienfait, une faveur ; mais un devoir rigoureux, mais un acte de la justice, qui déclare ce qui est, plutôt qu'il ne décrète ce qui doit être.

99

Mais nous croyons aussi que cet acte de justice, exige de grands ménagements. Nous croyons qu'affranchir subitement les esclaves noirs, serait une opération, non seulement fatale pour les colonies, mais que, dans l'état d'abjection et de nullité où la cupidité a réduit les Noirs, ce serait leur faire un présent funeste ;* ce serait abandonner à eux-mêmes, et sans secours, des enfants au berceau, ou des êtres mutilés et impuissants.

Nous croyons que dans l'impossibilité absolue où est une nation libre, de concilier l'esclavage avec la liberté et de conserver l'ancien régime des colonies, l'Assemblée nationale doit s'occuper des moyens de le changer, en conciliant les intérêts de l'humanité avec les intérêts des propriétaires.

Il suffit, pour être convaincu de la nécessité d'abolir l'Ancien Régime, de réfléchir au caractère et aux mœurs de l'homme environné d'esclaves. L'abbé Raynal nous en a fait un tableau, tracé des mains de la vérité.

« C'est de l'esclavage des nègres, que les Créoles[†] tirent peut-être en partie, un certain caractère, qui les fait paraître bizarres, fantasques, et d'une société peu goûtée en Europe. À peine peuvent-ils marcher dans l'enfance, qu'ils voient autour d'eux des hommes grands et robustes, destinés à deviner, à prévenir leur volonté. Ce premier coup d'œil doit leur donner d'eux-mêmes, l'opinion la plus extravagante. Rarement exposés à trouver de la résistance dans leurs fantaisies, même injustes, ils prennent un esprit de présomption, de tyrannie et de mépris, pour une grande partie du genre humain. Rien n'est plus insolent que l'homme qui vit presque toujours avec ses inférieurs ; mais quand ceux-ci sont des esclaves accoutumés à servir des enfants, à craindre jusqu'à des cris qui doivent leur attirer des châtiments, que peuvent devenir des maîtres qui n'ont jamais obéi, des méchants qui n'ont jamais été punis, des fous qui mettent des hommes à la chaîne » ?

« Élevés sans connaître la peine, ni le travail, ils ne savent, ni surmonter un obstacle, ni supporter une contradiction. La nature leur a tout donné, et la fortune ne leur a rien refusé. Semblables à

---

* Nous l'avons dit ainsi dans l'Adresse à l'Assemblée nationale, de février 1790.

† Rappelons encore ici, que l'abbé Raynal entend par créoles, les natifs des îles, quelle que soit la couleur de leur peau, et le sang européen pur, ou mélangé, qui circule dans leurs veines... Si le service des esclaves n'a pas le même effet sur les Européens stationnaires aux îles, il n'adoucit ni leur caractère, ni l'humeur impérieuse que l'homme contracte si facilement.

la plupart des rois, ce sont des êtres malheureux de n'avoir jamais éprouvé l'adversité. Sans le climat qui les porte violemment à l'amour, ils ne goûteraient aucun vrai plaisir de l'âme : encore n'ont-ils guère le bonheur de concevoir de ces passions qui, traversées par les obstacles et les refus, se nourrissent de larmes, et vivent de vertus. *Sans les lois de l'Europe*, qui les gouvernent par leurs besoins, et répriment ou gênent leur excessive indépendance, ils tomberaient dans une mollesse qui les rendrait tôt ou tard les victimes de leur propre tyrannie, ou dans une anarchie qui bouleverserait tous les fondements de leur société ».

Pénétrés de ces vérités, nous croyons, avec l'abbé Raynal, que cette dangereuse et choquante contradiction dans l'empire de la liberté, disparaîtrait si les colons cessaient d'avoir des esclaves ; qu'ils cesseront de les envisager comme tels, dès que de sages lois et d'utiles règlements, obligeront les maîtres, à voir dans leurs esclaves, non seulement des hommes qui peuvent devenir libres et propriétaires, mais des pères qui dans l'état d'esclavage, ne peuvent engendrer que des citoyens.*

Nous croyons par conséquent, que l'Assemblée nationale doit regarder dès à présent les esclaves des colonies, comme des orphelins abandonnés, qu'elle doit protéger de toutes les forces nationales ; qu'elle les doit conduire insensiblement au régime de la liberté, par une éducation qui leur donne une patrie, et des règles qui par un intérêt sensible, les attache au sol sur lequel la plus affreuse des spéculations les a jetés malgré eux.

§ II

Sur les Français mulâtres.†

Nous pensons que ces puissantes considérations rendent les citoyens de couleur encore plus précieux pour les colonies. Dès qu'ils en sont

---

* C'est la loi du Brésil, et Raynal observe que ses effets salutaires ont été rapides.

† Il est temps que toutes ces distinctions de griff, métis, quarteron, etc., soient abolies. Cette manière de classer les hommes appartient à ceux qui veulent les confondre avec le bétail.

les enfants, dès qu'elles sont, et leur berceau, et leur tombe ; dès que la nuance de leur peau, leur montre la moitié de leur origine dans la classe souffrante, quel avantage n'y a-t-il pas à développer chez eux tous les sentiments généreux dont la pitié est le plus puissant mobile ? Et quel régime excite davantage ces sentiments, si ce n'est celui de la liberté ? Qui ne voit, sous cet heureux état de choses, le citoyen de couleur adoucissant le sort des esclaves, leur montrant souvent que la liberté sans propriété, ne garantit pas de la misère ; et que le travail d'où naîtra une indépendance utile, étant la plus noble des occupations, est déjà une sorte d'affranchissement ?

Ainsi, les citoyens de couleur, ces Créoles français, à qui l'histoire ne reproche ni lâchetés, ni trahisons, ni bassesses ; naturellement bienfaisants, faciles en affaires, glorieux de leur franchise, exempts des vices qui éteignent l'esprit social, pénétrants, joignant la force de combiner au talent d'observer,[*] élevés au rang de citoyens d'un État libre, nous paraissent offrir aux législateurs français, tout ce qu'ils peuvent désirer relativement aux esclaves, à la prospérité durable des colonies, à leur sûreté, et au maintien d'une police intérieure, qui attache au séjour des colonies, tous les avantages de la civilisation.

Ce bien si désirable pour la métropole, nous croyons qu'on ne peut l'atteindre, qu'en suivant l'opinion manifestée par un planteur[†] dans l'Assemblée nationale ; savoir, *que la Constitution de la France, doit être appliquée* EN TOUT *aux colonies*, COMME PROVINCES DU ROYAUME.

§ III

Sur la traite

Quant au commerce des esclaves, nous ne pouvons pas croire, et nous parlons ici le langage de l'intérêt, qu'il soit utile de les mettre au régime des chevaux de poste. Si quelques colons s'enrichissent

---

[*] C'est le témoignage que leur rend l'abbé Raynal, d'après de fidèles mémoires.

[†] M. Gérard, lorsqu'il s'opposa à la formation du comité colonial, et demanda que les lois constitutionnelles et tous les décrets de l'Assemblée, fussent envoyés incessamment aux colonies.

promptement par le plus horrible des calculs,* les chances désastreuses se multiplient contre cette barbare spéculation. Elle ne convient, à aucun égard, au domaine national ; elle convient moins encore aux citoyens de l'Empire, en ce qu'elle menace d'un renchérissement continuel, des productions dont le bas prix leur serait avantageux. Enfin, elle est condamnée par les colons sages, qu'elle ne séduit point, et qui ont trouvé, dans les ressources de la douceur et des bons traitements, le moyen d'augmenter le nombre de leurs esclaves, sans jamais en acheter.

Ces considérations proscrivent la traite, déjà proscrite par la conquête de la liberté, par l'exclusion qu'elle prononce contre les commerçants d'esclaves, qui prétendraient remplir dans un État libre, les nobles fonctions de citoyen. Car le plus coupable des hommes, est celui qui en réduit d'autres à l'esclavage.

Nous ne cesserons donc de prêcher contre l'abolition de la traite. Rien ne la justifie. En la conservant, on entreprendrait en vain la réforme si nécessaire dans le code de l'esclavage. C'est la traite qui permet au colon avare et inhumain, de calculer de sang-froid, combien lui vaudra chaque goutte de sang dont un esclave arrosera son habitation, de discuter si la négresse donnera plus ou moins à la terre, par les travaux de ses faibles mains, que par les dangers de l'enfantement.

« S'il existait, dit l'abbé Raynal, dont nous venons d'emprunter les expressions, une religion qui autorisât, ne fut-ce que par son silence, de pareilles horreurs ; si, occupée de questions oiseuses ou *séditieuses*, elle ne tonnait pas sans cesse, contre les auteurs ou les instruments de cette tyrannie ; si elle faisait un crime à l'esclave de briser ses fers ; si elle souffrait dans son sein le juge inique qui condamne le fugitif à la mort ; si cette religion existait, n'en faudrait-il pas étouffer les ministres, sous les débris des autels ? »

Eh bien ! cette religion a semblé exister par la corruption de ses ministres, et les causes de cette corruption, sont maintenant détruites.

Ainsi nous croyons que désormais, on n'osera pas s'élever contre les prêtres vertueux et patriotes, qui, voyant dans la traite des esclaves, un des plus dangereux poisons pour la morale et la liberté, se réuniront pour flétrir cet odieux trafic dans la chaire de vérité.

---

* La comparaison de ce que rend le *travail forcé* d'esclaves qu'on est obligé de remplacer souvent, et la dépense du remplacement, avec le produit d'un travail moins excessif et conduit avec humanité.

Nous croyons que l'enfant de la patrie ne peut plus monter sur un vaisseau négrier... Que la traite a été abolie le jour marqué dans les fastes de la liberté française, par la chute du despotisme qui nous avilissait tous ; et que si l'armateur est sincère, lorsqu'il contemple avec joie les immenses sacrifices imposés par l'Assemblée nationale à tant d'individus, qui pouvaient se regarder comme infiniment moins coupables que lui, il n'hésitera pas à sacrifier aussi une industrie qui, lors même que les lois garderaient encore le silence, ne peut plus faire réfléchir, sur ceux qui l'exerceront, que l'horreur et le mépris.

Nous croyons enfin que les Sociétés des Amis de la Constitution,[1] ne pourront pas garder le silence sur cet abominable trafic.

Par quelle honteuse bizarrerie, ces sociétés, nées du besoin de se rendre partout dignes de la liberté ; d'en développer les principes et les devoirs ; de connaître également ce qui l'affermit, et ce qui prépare sa ruine ; ces sociétés, où la raison publique doit se mûrir, où la philanthropie doit sans cesse trouver des secours et ranimer ses forces ; pourraient-elles encore admettre longtemps dans leur sein, ces commerçants ennemis de l'espèce humaine, ces spéculateurs abhorrés de la nature, qui courbés sur leur bureau, règlent la plume à la main, le nombre des attentats qu'ils peuvent commettre sur les côtes de l'Afrique ; qui examinent à loisir, de quel nombre de fusils ils auront besoin pour obtenir un nègre ; de chaînes pour le garrotter sur leur navire ; d'instruments de bourreaux pour dompter son désespoir ; de poisons ou de fers homicides, pour lui donner la mort, lorsque leurs agents féroces sont réduits à la craindre pour eux-mêmes.

Nous ne sommes pas sur une terre d'anthropophages... Loin qu'on nous blâme désormais, de solliciter le terme de toutes ces exécrables atrocités, nous serions livrés à la honte et aux remords, si nous avions la lâcheté de déserter la cause de tant de malheureux, livrés sans défense, à toutes les horreurs de la plus féroce cupidité.

Nous croyons que l'exemple des autres nations doit être indifférent aux Français. S'ils ne leur ont pas demandé conseil pour conquérir la liberté, pour fonder une Constitution, qui rende à l'homme toute sa dignité, pourquoi, citoyens du plus puissant Empire, n'auraient-ils pas la gloire de donner enfin le plus grand des exemples, celui de reconnaître que les nations en corps, ont une conscience semblable à celle de l'individu ; que le crime ne leur est pas plus permis qu'à un seul homme, quoi qu'on puisse dire de ses avantages ?

---

[1] Nom officiel du club des Jacobins. (Note de l'éditeur)

Pourquoi, dédaignant cette éternelle controverse des Anglais, où la raison s'abaisse à combattre les vils et odieux calculs d'une barbare avarice, la France ne s'élancerait-elle pas au delà, et ne rendrait-elle pas à l'humanité, cet hommage pur et magnanime, de juger la question de la traite par les principes immuables de la justice, et par le respect pour les droits de l'homme, dans quelque lieu que la nature l'ait placé ?

Est-il besoin de multiplier les recherches, lorsqu'on a sous les yeux cette vérité éternelle, *que le mal finit toujours par tromper ceux qui le font* ? La traite n'est-elle pas un mal public et particulier ? En connaît-on de plus fécond en calamités et en crimes de tout genre ?… On est saisi d'horreur en pensant que, pour la défendre, il faut commencer par insulter la philosophie…*

Les méchants trouvent des ignorants, auxquels ils persuadent que ce sont les Anglais eux-mêmes, qui stipendient notre Société, afin qu'elle sollicite l'abolition de la traite ! Mais, nous le demandons à ce député,[1] qui n'a pas craint de souiller la tribune de l'Assemblée nationale par des calomnies contre nous, la traite serait-elle abolie, si après l'avoir interdite aux Français, il était permis à nos colonies d'acheter les esclaves que leur apporteraient des armateurs étrangers ? N'est-il pas évident qu'après avoir défendu le commerce des esclaves, la loi poursuivrait comme un assassin, quiconque oserait en introduire dans nos îles ? La peine décernée pour le plus grand des crimes, ne serait pas disproportionnée à son délit ; et dès lors les Anglais eux-mêmes, perdraient tout espoir de continuer les fournitures d'esclaves qu'ils nous font annuellement. Nous cesserions d'être leurs tributaires, et certes ils perdraient une branche de commerce considérable ; puisque de l'aveu même de nos imbéciles calomniateurs, les Anglais fournissent plus du tiers des nègres qui vont périr dans nos colonies, sans compter ceux qu'ils traitent, et transportent sous notre pavillon.†

---

* *Nous ne sommes pas une assemblée de philosophes*, disait dans la tribune M. Dillon, pour empêcher l'Assemblée nationale d'entendre les citoyens de couleur ; et à qui s'adressait-il ? À l'assemblée la plus respectable qui ait encore existé, par ses principes puisés dans la saine philosophie.

[1] Arthur Dillon (1750–1794), fut député, en 1789, de la noblesse des colons de la Martinique. Il défendit les intérêts des colons contre les gens de couleur. Il fut guillotiné, avec Lucile Desmoulins, lors des procès des conspirations des prisons. *(Note de l'éditeur)*

† « Le commerce est-il aussi scrupuleux ? Des nègres traités par des Anglais, qu'il importe dans les colonies, comme s'il les avait traités lui-même ». *Observations*

Ainsi nos calomniateurs supposent que les Anglais stipendient en nous, leurs propres ennemis ; qu'ils nous payent, pour faire abolir, et ces primes dont ils recueillent la plus grande partie, et ce trafic dont ils emportent presque tous les profits ! Ils supposent que les Anglais font semblant de vouloir abolir chez eux la traite, afin de se priver de l'avantage qu'ils trouvent à nous vendre des esclaves !.. Et c'est avec ces inepties qu'on cherche à donner le change à l'Assemblée nationale et au public !

Ne serions-nous pas plus fondés à dire, que les négriers anglais corrompent les armateurs qui s'élèvent contre nous ? Car, encore une fois, c'est pour le profit des Anglais que le gouvernement français a donné des primes ; ce sont eux qui retirent la plus grande partie du produit colonial, résultant des nègres qu'ils vendent ; ce sont les Anglais qu'il faut payer, quel que soit le succès des entreprises dont ils fournissent les moyens ;* ils sont donc intéressés à ce que la traite française ne soit pas abolie…

Nous dira-t-on *que les Anglais ambitionnent la fourniture entière des nègres ?* Mais, nous l'avons déjà dit, ils ne pourraient les fournir qu'en violant les défenses ; — et seraient-elles faciles à violer ? On ne cache pas un homme comme une pièce d'étoffe ; on ne le fait pas disparaître à l'instant comme une denrée ? Non, ils ne portent pas leurs spéculations jusqu'à croire qu'ils braveraient impunément une loi rigoureuse et sage ; une loi nécessaire au succès des mesures qui seraient prises, pour purger insensiblement les colonies des funestes poisons de l'esclavage.

C'est pour avoir faiblement envisagé la question, qu'on a prétendu que les puissances maritimes ne peuvent abolir la traite des esclaves que de concert. Si le vol et l'assassinat étaient permis dans l'Empire britannique, faudrait-il le permettre dans l'Empire français ?… Il serait plus vrai de dire que l'exemple de la France entraînera l'Angleterre. Les nations puissantes ne veulent pas se rendre plus odieuses les unes que les autres ; et d'ailleurs les colonies françaises, débarrassées des frais énormes qu'entraîne la nécessité de remplacer, par un moyen aussi violent que la traite, les esclaves dont on abrège les jours par

---

sur la situation politique de Saint-Domingue, par M. de Pons, habitant de cette île, article Commerce.

* Les défenseurs de la traite et de l'esclavage n'ont garde de faire ce décompte, ou d'instruire le public de ce fait, lorsque par leurs exagérations, ils prétendent attacher le sort de l'Empire français au commerce entre les colonies et la métropole.

une coûteuse barbarie, adopteraient un genre d'économie rurale qui forcerait bientôt à les imiter.

Ajoutons que le commerce de la métropole ne tarderait pas à remplacer le mince déficit résultant de l'abolition de la traite, si toutefois il existait un déficit. Car, quel si grand bénéfice peut donner à la Nation, un commerce surchargé de chances ruineuses ? Les frais de la traite n'ont pas cessé d'augmenter ; le prix des esclaves et des marchandises étrangères qui servent à les payer, s'accroît sans cesse ; et bientôt les sentiments que réveille la liberté, faisant eux-mêmes ce que la justice demande à la loi, cet abominable trafic ne trouvera plus que des entrepreneurs qui vendront toujours plus chèrement aux colons, la honte que bientôt les marchands d'hommes ne pourront plus éviter.

Ainsi, aux yeux des hommes prévoyants, la question se réduit à savoir, s'il faut attendre que la traite périsse par son propre avilissement, ou s'il faut précipiter sa fin par un décret d'abolition. Dès lors la question est jugée. Nul doute qu'il ne faille prévenir au plutôt, les dernières infections que la traite répandrait en s'acheminant au tombeau.

Mais puisqu'il faut calculer avec l'avarice, Français, que ce calcul soit au moins celui de la nation ! Et, nous le demandons encore à nos perfides calomniateurs, tiennent-ils le compte des pertes que la nation fait par les seuls matelots que la traite emploie ? Non seulement ce trafic hâte leur mort par mille maux, dont le détail serait trop long ; mais, nécessairement dépravés par le besoin d'être sans pitié ; par la nécessité d'envisager de sang-froid les scènes les plus horribles ; d'y remplir, tantôt le rôle de ravisseurs impitoyables, tantôt celui du bourreau le plus inhumain, quelles peuvent être les mœurs d'hommes que tout entraîne dans la dépravation ?

Débarqués aux îles, ils s'y livrent à une infâme brutalité ; ils ne voient dans les esclaves que des créatures abandonnées à leur cupidité, et des animaux sans protecteurs, sur lesquels ils peuvent impunément assouvir leur luxure, irritée par l'abstinence et le climat. Le mal qu'ils font leur est rendu ; ils le reportent avec les mêmes inclinations dans la métropole… Français, vous frémissez… Cependant nous restons au-dessous de la vérité, en vous peignant cette partie du commerce qui unit les colonies à la métropole. Jugez-en, vous-mêmes, les avantages…, et l'on nous dénonce à vous comme vos ennemis !.. Français, vos ennemis sont ceux qui vous trompent, qui insultent à cette laborieuse philanthropie, analysant tout, pesant tout au poids de la raison !

Enfin, les Africains ne consomment-ils les marchandises avec lesquelles les Européens alimentent chez eux le carnage et la désolation, que parce qu'ils les paient avec des esclaves ? Cesseront-ils de s'habiller de toile, et d'user des bagatelles que nous leur vendons, parce qu'au lieu de recevoir de leurs mains sanglantes, tant d'innocentes victimes de notre féroce avarice, nous leur demanderons les riches et nombreuses productions dont l'Afrique peut enrichir notre industrie manufacturière ? Non, les Africains sont des hommes ; ils sont par conséquent susceptibles des nombreux besoins que fera naître leur civilisation, si au lieu de la funeste rage que nous soufflons sans cesse dans leur âme, nous ne provoquons chez eux que des spéculations ou des entreprises pacifiques, dont il ne puisse résulter que des échanges innocents.

Législateurs de la France ! Prenez garde qu'en cherchant à vous tromper sur le but des débats des Anglais à l'égard de la traite, on vous cache que leurs commerçants en prévoient la chute ; et que tandis qu'on veut encore vous arracher des primes pour encourager les marchands d'hommes, les armateurs anglais* n'attendent pas des encouragements, pour ouvrir avec l'Afrique un commerce qui n'outrage point les droits de l'homme, et dont les opérations soient moins casuelles.

Outre les gommes, l'ambre gris, le miel, l'ivoire, la laine, les fourrures, l'argent, l'OR... outre les bois les plus précieux, les drogues les plus chères, toutes les sortes de poivre et d'épiceries, toutes les richesses des Moluques, on y trouve encore le tabac, le riz, l'indigo, le coton en abondance, et à des prix inférieurs à ceux de tous les marchés connus. On y trouve enfin la canne à sucre, ce prétexte de tant de crimes auxquels nous devons la cherté de cette bienfaisante production.

En faut-il davantage pour exciter l'émulation des habitants de nos ports ? Les Africains préféreraient-ils de nous livrer leurs frères et leurs enfants, plutôt que de nous vendre ces diverses productions pour

---

* Bristol expédie annuellement, pour l'Afrique, treize bâtiments qui n'achètent point d'esclaves, et ne cherchent que les productions de ce riche et vaste continent. La Société a plusieurs fois averti les commerçants français de l'événement qui se prépare. Les Anglais actifs et entreprenants, auront remplacé en Afrique la part qu'ils ont au trafic des Noirs, pendant qu'en France on amuse le public de la sotte idée qu'ils veulent s'emparer de toute la traite !

en charger nos vaisseaux ?… Que de maux de tous les genres nous éviterions ! Et combien ce commerce présenterait moins de risques, exigerait de moins longues avances, ouvrirait une carrière plus vaste aux spéculations, favoriserait davantage l'activité et l'industrie, que le brigandage de la traite !

§ IV.

Sur le commerce de la métropole avec les colonies.

Nous croyons qu'il est temps de faire cesser le règne des illusions ; que nous avons besoin d'être éclairés et conduits, par les influences de la liberté, relativement à nos rapports commerciaux, à ceux que le monde entier offre à une nation populeuse comme la nôtre.

Nous croyons, à l'égard de notre commerce extérieur, que les peuples libres, sont les plus habiles commerçants ; que leur industrie, leur activité, leur persévérance dans un état dont ils s'honorent, leur ont bientôt suggéré les moyens de franchir partout les barrières qu'on veut leur opposer ; qu'ils ne tardent pas à déjouer toutes les entraves, tous les règlements prohibitifs, toutes les gênes par lesquelles les États, accoutumés aux étroites conceptions de la fiscalité, prétendent les arrêter, et se conserver des commerces exclusifs, des manufactures exclusives, en un mot des privilèges qu'il faut environner de gardes, de confiscations, de peines corporelles, et par cela même charger de frais. Nous croyons que si la France eut été libre, les prohibitions des Anglais, qu'on cite comme un exemple à suivre, n'auraient pas eu le même succès.

Nous croyons en général qu'entre les peuples libres, la nature seule est l'arbitre de leurs avantages réciproques ; que c'est à elle à distribuer les privilèges exclusifs, et à les défendre.

On ne cesse de répéter, et certes on a raison, que la France est assise sur le sol le plus fortuné. Mais à quoi sert cette observation, si elle ne conduit pas à ses justes conséquences ? Si l'on veut toujours ignorer que la France doit acquérir l'avantage, dans tous les marchés, pour les productions brutes ou manufacturées, appartenantes à son sol ; et qu'à l'égard des matières brutes étrangères, elle doit encore acquérir l'avantage dans tous les cas où elle luttera avec des nations obligées comme elle, à ne les recevoir que par l'importation ; à moins qu'il n'y ait une grande différence dans l'éloignement respectif, ou dans les commodités relatives au transport ?

Quant à la consommation des productions étrangères ; à moins qu'un peuple ne soit réduit à une pauvreté extrême ; qu'il ne soit mal distribué sur son sol ; que ses communications intérieures soient, ou impossibles, ou coûteuses ; il est évident que le peuple le plus nombreux, sera en même temps le plus grand consommateur. Or, à cet égard, quel gouffre de consommations la France n'offrira-t-elle pas aux productions étrangères à son sol, et convenables cependant, à la santé, à l'entretien, aux jouissances des Français !

Ce que nous pensons des avantages de la France, à l'égard de ses productions et de ses consommations, nous le pensons également de la marine marchande.

On conçoit comment, sous l'Ancien Régime, grevée comme toutes choses, par l'avidité et l'impéritie de la fiscalité, rançonnée dans l'étranger par nos consuls,* et conduit par des marins qui méprisaient leur état, et y cherchaient une prompte fortune, pour s'en retirer promptement ; nos transports maritimes, plus dispendieux et moins bien conduits que ceux des nations libres, augmentaient nos désavantages dans la concurrence, et assujettissaient nos commerçants à la nécessité de préférer les embarcations sous pavillon étranger. Mais, les causes de ces désavantages étant détruites, peut-on comprendre comment la navigation française sera plus coûteuse, moins sûre et moins diligente, que celle de quelque nation que ce soit ; comment les frais de nos propres navires pourront détruire ce que nous promettent, sous l'influence de la liberté, notre sol, notre population, notre industrie, nos richesses acquises ? Il faudrait donc que, chez les Français, les effets fussent opposés aux causes, et que

---

* On n'a pas encore examiné la tyrannie désastreuse des droits que paient, aux consuls, les navires français. Les consuls sont établis pour les protéger ; mais cette protection doit-elle être ruineuse ? Il en coute aux vaisseaux français, pour les frais de consulat, dix à vingt fois plus qu'aux navires des autres nations, tant l'esprit destructeur de la fiscalité avait étendu ses ravages. Est-il étonnant après cela, si l'on voit 300 vaisseaux arriver dans un port, chargés de productions françaises, et que, dans ces 300 vaisseaux, il y en ait à peine 15 français ? Cependant ce qu'un navire étranger fait, un navire français pourrait le faire…

On s'étonne de voir les ports de mer demander des primes, qui ne sont que des secours trompeurs, et ne pas demander que les commis de la nation ne rançonnent pas ses vaisseaux.

l'esprit de conduite y fût sans cesse en contradiction avec le bon sens.

On ne peut plus craindre cette humiliation. Ainsi, fournitures, consommations, transports, la France pourra, sur tous ces objets, tenir le premier rang dans les marchés.

Ô vous qui mettez votre esprit à la torture, pour inventer des douanes oppressives ; des déclarations écrites qui, des deux parts, familiarisent à la fausseté ; des actes de navigation illusoires ; des gardes qui ne gardent rien, et reçoivent salaire des deux mains ; des confiscations odieuses ; en un mot, des volumes de règlements que les fripons vantent, qui arrêtent l'industrie des hommes simples et religieux, et consternent ceux qui sont honnêtes et éclairés ; détruisez ce petit nombre de vérités que nous venons d'établir, ou laissez la France obéir simplement aux indications de la bienfaisante nature. Vous apprend-elle à enchaîner un coursier vigoureux et plein d'ardeur, afin de le faire lutter avec plus d'avantage contre ses faibles rivaux ?

Quoi ! dites-vous, les Américains libres iront dans nos îles en acheter les productions !... Mais les leur donnera-t-on pour rien ? Et s'ils peuvent les payer, pourquoi ne voulez-vous pas qu'ils les achètent ? Toute marchandise à vendre, appartiendra toujours à celui qui la paiera le mieux ; de même que tout vendeur au plus bas prix, est sûr de la préférence ;* et nous avons, à ces deux égards, des avantages que nous ne pouvons perdre que par notre faute ; car nous avons, ce que les Américains libres ne peuvent pas fournir aux colons français, des vins, des huiles, une infinie variété de toiles, une multitude d'objets fabriqués pour l'habillement ; tout ce que la nécessité, l'aisance, le luxe et le goût peuvent faire désirer.

Il nous manque des bois, et nous voudrions obliger les colonies à n'en recevoir que par nos mains ! Mais si nous pouvions les leur fournir au prix des Américains, nous aurions moins de productions plus précieuses à vendre. Les riches manufactures, les cultures fertiles, ne se créent qu'en détruisant les forêts. Si la population fait la richesse, l'abondance des bois prouve la pauvreté. Laissons donc fournir des bois à d'autres, si notre intervention les rend plus chers ;

---

* Tout cède à cette vérité, jusqu'aux haines nationales les plus invétérées. Toutes les résolutions patriotiques n'y font rien ; on les oublie, tandis qu'on n'oublie jamais l'intention de vendre cher, et d'acheter bon marché. Les Américains libres détestent les Anglais, et trafiquent avec eux, de toutes les choses où il trouvent leur avantage.

et cherchons à remplacer ce que nous appelons une perte dans le langage peu réfléchi de l'avidité, en formant, dans nos colonies même, des entrepôts de tous les objets que nous pouvons vendre aux habitants de toute l'Amérique, avec avantage pour eux et pour nous ; alors tous les intérêts se concilieront, et c'est en cela que la liberté est la plus grande source de richesses.

Le même raisonnement s'applique aux subsistances. Le droit exclusif de les fournir est, de toutes les méprises, la plus incompréhensible. Quel travail, quelle industrie espère-t-on de voir prospérer où ce droit expose sans cesse aux horreurs de la famine ! C'est vouloir tout à la fois vendre et ôter à son débiteur, de la manière la plus cruelle, les moyens de payer ce qu'il achète. La liberté n'est pas coupable de ces extravagances. Si les Américains libres ont en subsistances de plus grands superflus à disposer que nous, tant mieux pour nos colonies ; faisons-y régner une bonne police, protégeons-y la liberté, et ces secourables voisins favoriseront la population de nos frères ; les produits coloniaux augmenteront, et encore une fois, nous régnerons toujours sur leurs marchés, quoique devenus libres, tant que nous ne détruirons pas, par de fausses mesures, nos avantages naturels.

Près de Saint-Domingue, la petite île, ou plutôt le rocher de Curaçao, a sans comparaison recueilli plus de richesses qu'aucune de nos îles. Pourquoi ? Parce que son port est ouvert à tous les peuples de la terre ; parce que toutes les sortes d'échanges peuvent s'y consommer ; parce qu'on y vit, qu'on s'y enrichit de la sottise des autres nations. La terre fertile de nos colonies aurait-elle moins d'avantages, si l'on y jouissait de la même liberté ? On a déjà vu le commerce de Curaçao s'affaiblir à l'instant où Saint-Domingue a ouvert quelques-uns de ses ports…

Écoutez donc la leçon de l'expérience, commerçants patriotes, qui, de bonne foi, craignez de perdre la fourniture des colonies. Ne voyez-vous pas que, sous le régime prohibitif, les consommations plus coûteuses, sont mesquines ? Ne voyez-vous pas que, sous le régime de la liberté, moins chargées de frais et d'entraves, elles seraient beaucoup plus considérables ; qu'appelés à jouer un rôle important sur le théâtre commercial de nos colonies, comme partout, vous verriez leurs richesses décupler rapidement, et par cela même vos bénéfices ?

Écho des colons blancs, vous les vantez ces richesses ; mais examinez avec nous ce qu'elles sont dans ce moment, où le régime prohibitif pèse sur le commerce en même temps que le régime tyrannique pèse sur les citoyens de couleur.

On exalte la richesse de nos colonies ; et le voyageur étonné n'y rencontre rien de ce qui, partout ailleurs, atteste un peuple riche. Aux sucreries près, qu'on est obligé de soigner, tout y ressemble aux habitations mesquines de peuplades qui s'attendent tous les jours aux saccagements, aux pillages de l'ennemi.

En effet, quel ennemi plus redoutable que ces *cultivateurs corsaires* qui, ne recueillant que pour emporter, sont par principes ennemis des dépenses locales ? Dès qu'ils ne veulent que ravir, à quoi leur serviraient des édifices solidement construits et commodes, des villes et des bourgs dont l'agrément et la salubrité pussent y fixer les habitants, attirer les étrangers ? Que leur importent ces embellissements qui s'élèvent et se perfectionnent sous les soins du patriotisme ? Ce n'est pas dans les colonies qu'ils se contemplent eux et leur postérité. Leurs vœux les portent sans cesse au milieu du tumulte et des corruptions européennes, et l'opéra de Paris leur est plus précieux, que la moindre trace d'esprit public dans les colonies.

Les ménagements pour le sol, les soins qui ont pour objet de le régénérer et le rendre agréable, sont pour eux des sujets de dérision. Un arbre qui n'offre que son ombre, est proscrit ; car, disent ces *Pizarres*[1] de la culture : *Jamais bois debout n'a enrichi son maître.*

À peine accordent-ils dix années au meilleur sol pour s'enrichir. Aussitôt qu'un terrain, las de donner sans rien recevoir, ralentit ses présents, il est abandonné pour de nouveaux défrichements, et ainsi successivement, jusqu'à ce que la possession entière, trop coûteuse à régénérer, force le propriétaire à l'abandonner.

Quelques riches plaines semblent soignées,* parce qu'elles résistent plus longtemps à une culture désastreuse ; mais tout ce qui s'incline vers la mer, et c'est la position de la presque totalité des colonies, ne présente que des terrains bientôt condamnés à l'infertilité, à cause du dépouillement des sels prolifiques entraînés par les eaux, et qu'on ne remplace jamais.

Quelle race d'hommes aurait intérêt à se conduire avec plus d'affection pour le sol ? On ne saurait trop le répéter, les indigènes,

---

[1] Les frères Pizarro, conquérants de l'Empire inca dont ils signèrent le déclin ; deux moururent de mort violente et le troisième fut emprisonné plus de vingt ans. *(Note de l'éditeur)*

* Telles que celles du Cap, Fort-Dauphin, l'Arcanaye, le Cul-de-sac, Leogane, les cayes du fond du Saint-Domingue.

les citoyens de couleur, en un mot, les Créoles. Mais aussi ces précieux habitants, moins avares que les Européens, ne tarderaient pas à devenir les uniques propriétaires du sol... Et voilà ce que les Européens craignent ; ils appréhendent qu'une sage culture, que l'esprit de l'indigénat, ne leur ravissent ces champs qui sont pour eux, comme sont pour la guêpe les prairies émaillées de fleurs ; elle empoisonne, en butinant, le calice qui la nourrit, et se retire sans s'inquiéter qui en fera naître de nouvelles.

De là, l'état de dépression dans lequel les colons passagers tiennent les citoyens de couleur ; de là le préjugé révoltant sous lequel ils veulent enchaîner l'existence et les mouvements de ces enfants de nos colonies ; de là l'audace avec laquelle leurs tyrans veulent nous persuader que ce préjugé est indestructible, et qu'ils entraîneront les colonies hors de la tutelle de la métropole, plutôt que d'y voir rétablir les droits de l'homme, le code de l'humanité, et le régime, où toutes les propriétés morales et matérielles seront également protégées par la loi, et par des juges intègres.

Faut-il s'étonner si, dans cet état de choses, le citoyen de couleur, jouissant de quelque fortune, et fixé pour la vie sur son sol natal, n'a pas osé embellir sa demeure ; s'il est sans force, sans crédit pour obtenir tout ce qui rendrait le séjour des colonies sain, agréable et sûr ? Toujours en butte à la jalousie des Blancs, pourquoi n'aurait-il pas appréhendé de se voir interdire des logements commodes, et des habitations où l'agréable se joignît à l'utile ? On leur défendit en 1768 les habillements riches et de goût, on pouvait bien leur défendre des maisons embellies ; on les obligeait à prendre leurs noms dans l'idiome africain, on pouvait bien les forcer à végéter retirés dans des huttes.

Nous dira-t-on que les tremblements de terre, et les ouragans qui règnent dans nos colonies, s'opposent à la construction des édifices solides, etc. ? Vaine défaite... Le plus terrible des volcans menace et afflige Naples depuis des siècles, et Naples reste couvert de somptueux édifices, qui se succèdent les uns aux autres, comme dans les contrées où la nature ne montre que les apparences du repos. Les tremblements de l'Amérique méridionale, sans comparaison moins menaçants,* ont-ils empêché de bâtir avec solidité au Pérou, au Mexique, à Saint-Domingue, dans l'île de Ténériffe, et dans d'autres

---

* On n'en compte que deux violents. Celui de la Jamaïque, en 1708, qui fut presque insensible à Saint-Domingue, et celui de 1770 à Saint-Domingue, qui effraya plus qu'il ne fit de mal, et qui ne fut presque pas senti à la Jamaïque.

villes de la domination espagnole,* quoique ces contrées aient été jusqu'ici, plus sujettes aux tremblements de terre, que les colonies françaises ?

Quant aux ouragans, loin qu'ils soient une raison de n'élever que de fragiles bâtiments, il n'y a qu'à gagner à leur opposer des masses solides, construites et placées avec intelligence.†

Commerçants et manufacturiers français, c'est à vous surtout que ces réflexions s'adressent. Après vous être rassurés contre les absurdes menaces des soi-disant députés, sachez voir le piège qu'ils vous tendent. Après vous être convaincus que l'oppression sous laquelle les Créoles basanés gémissent, est une des causes qui arrêtent dans nos colonies les effets de la prospérité, déclarez-vous enfin en faveur des malheureux citoyens de couleur,** et des esclaves plus malheureux encore.

Après avoir vu nos colonies telles qu'elles sont, voyez-les telles qu'elles peuvent être affranchies de prohibitions, et délivrées de vexations ; et surtout élevez votre âme aux nobles conceptions de

---

* Voyez l'abbé Raynal, sur la somptuosité des villes espagnoles, et les charmes des campagnes voisines.

† On connaît la direction des ouragans redoutables ; ainsi l'on peut garantir les habitations de leur fureur. L'art a dompté, sur les plages les plus exposées, ces vagues énormes, qui, poussées de loin par un poids dont la progression effraie l'imagination, renversent les masses les plus solides ; l'intelligence humaine a trouvé moyen de rendre leurs efforts presque nuls, sur un simple rempart de terre.

** Nous avons sous les yeux un placard publié le 28 avril 1790, par l'Assemblée générale de Saint-Marc, placard antérieur aux époques où cette assemblée prétend avoir prouvé son attachement à la métropole. Les citoyens de couleur, inquiets et outragés, cherchaient à se communiquer leurs craintes, et cela seul était un crime. L'Assemblée considérant, porte le placard, *que les gens de couleur libres* manifestent des intentions contraires à la tranquillité publique, par des attroupements réitérés, *décrète provisoirement, qu'il est fait défense à tous les gens de couleur libres,* au-dessus de l'âge de quinze ans, de JAMAIS sortir en armes, et de JAMAIS *s'absenter de leur paroisse,* sans une permission, par écrit, des comités paroissiaux… sous peine d'être déclarés *coupables du crime* DE LÈSE NATION… même peine pour les gens de couleur absents de leur domicile, s'ils n'y rentrent pas sous huit jours.

Le 30 du même mois, autre placard, où l'Assemblée générale décrète *que les propriétés, et les personnes de couleur libres, qui se comporteront bien à l'avenir, seront sous la sauvegarde de l'Assemblée générale de la Nation…* De quelle Nation ? Et où décrète-on que les propriétés et les personnes auront besoin d'une sauvegarde, si ce n'est lorsque les prétendus souverains veulent s'en emparer, comme l'a proposé M. de Beauvais ?

Ces actes du despotisme criminel des colons blancs, s'exécutaient à Saint-Domingue, pendant qu'ici leurs députés s'opposaient aux envois de troupes !

la liberté. Elle n'appauvrit point l'homme laborieux ; et pendant qu'il travaille à sa fortune, elle éloigne de lui, les dégoûts, les mépris, les humiliations dont le despotisme et l'aristocratie environnent les citoyens, qui, proportionnant leurs dépenses à leurs moyens, chérissent dans l'économie, l'espoir de jouir un jour, avec honneur et sans remords, du fruit de leurs peines.

Méprisez ces systèmes démentis par tant de faits, qui soumettent la plus noble partie de l'homme au climat. L'homme est le même partout, quand les lois lui conservent ses droits, quand on prend soin de l'instruire ; et, à cet égard, le monde commence seulement à se ressentir des heureux effets de l'imprimerie. Portez donc dans les climats chauds, les principes, les lois, les opinions et les usages d'une liberté généreuse ; elle y enfantera des miracles. Sous ces climats, l'homme est fort, dispos, agile, intelligent. Débarrassé des gênes, et des dépenses que cause l'intempérie des saisons, il a plus de temps à donner aux travaux. La terre ne s'enveloppant jamais de cette écorce dure et rebutante qui réduit, la moitié de l'année, le cultivateur à l'inaction, les colonies deviendraient bientôt le séjour le plus heureux, le plus peuplé et le plus riant de l'univers.

Serait-ce un malheur pour vos échanges ? Risquerait-il d'être désert, le rendez-vous, où l'habitant de l'Europe, et de la vaste Amérique, trouveraient toutes les commodités de la vie, une police organisée par les vrais amis de la justice et de l'humanité, et des marchandises de tout genre à échanger contre leur argent ou leurs denrées ? Les habitants du pays le plus favorisé de l'Europe, ne seraient-ils que de misérables glaneurs, dans ces marchés où ne cesseraient pas de se rencontrer deux peuples destinés à rester amis, et à multiplier leurs rapports commerciaux, à mesure que la population fait des progrès chez l'un, et que, chez l'autre, les manufactures sortent de l'état de médiocrité où les a tenus l'Ancien Régime ?

Nous croyons que, gouvernées par cette bienfaisante politique, nos colonies seraient bientôt en état de se protéger elles-mêmes par leur propre population ; que, dès lors, constamment à l'abri d'invasion, elles ne causeraient plus à la métropole, ni ces alarmes qui, pour une multitude de citoyens, sont une grande calamité ; ni ces énormes et continuelles dépenses de protection, qui servent de motif à des rétentions tyranniques, et amènent enfin ces scissions meurtrières, auxquelles on résiste inutilement.*

---

* Qui doute que les États-Unis feraient encore partie de l'Empire britannique, sans ces rapports de protecteur à protégé, qui offensent les uns, et rendent les autres fous

Nous croyons que, sous l'utile influence de la communauté des avantages sociaux, ces vastes et fertiles contrées* presque oubliées du citoyen français, par une suite des vices du système colonial, deviendraient bientôt l'objet de son attention ; que le Créole instruit et acclimaté, donnerait la main à son frère d'Europe, pour fonder de nouveaux établissements, et que la France peuplée se ferait un grand bien à elle-même, en prenant un grand intérêt à la France déserte.

Nous ne concevons pas même comment, en considérant les destins des États-Unis de l'Amérique, le commerce immense qu'ils peuvent lier avec l'Amérique espagnole, et la part que la liberté, établie dans nos possessions américaines, peut nous donner à ce commerce, on écoutera cette jalousie pusillanime, qui craint de voir un étranger acheter une barrique de sucre ou de café dans nos colonies. En est-il venu moins dans nos ports, depuis que malgré nous la fraude en enlève davantage ; et tous les règlements prohibitifs, empêchent-ils qu'on n'exporte une livre de notre sucre ou de notre café, de moins, dans les États-Unis ? Le fisc perdrait-il ses droits si cette exportation n'était pas clandestine ?

Nous dira-t-on que nous désirons, pour les colonies, une liberté qui rendrait leur possession indifférente à la métropole ?… Mais une association n'est-elle avantageuse qu'autant que certaines portions du corps politique sont les tyrans des autres ? Pourquoi, dans ce cas, la Corse est-elle aussi libre que tous les autres départements du royaume ? Pourquoi, entre ceux-ci, n'en est-il aucun dont l'industrie soit restreinte pour l'avantage des autres ? Si un grand Empire a besoin d'un commerce extérieur pour tenir son industrie en haleine, lui est-il égal d'établir ce commerce avec des étrangers ou des concitoyens ? Quand tout le serait relativement aux objets commerciaux, la conformité du langage et la soumission aux mêmes lois, n'ajoutent-elles rien à l'intimité, à la sûreté et à la confiance réciproques ?

Enfin, si l'étendue de ses côtes exige que la France continentale ait une marine, est-il indifférent que ces vaisseaux puissent rencontrer, dans des parages éloignés, des frères ou des étrangers ? Si la question n'est pas douteuse en faveur de la fraternité, ne vaudrait-il pas mieux que les habitants des colonies ne fussent pour la métropole que des

---

d'orgueil ? Avec de bonnes lois, et en regardant la liberté comme le patrimoine de tous les hommes, n'est-il pas possible que tout motif de scission disparaisse devant les avantages de la force et de la sécurité que donnent les grandes associations ? A-t-on, si l'on en excepte la conquête, quelque exemple de séparations dans les corps politiques, qui ne soit le résultat de vexations, et de partialités outrageantes ?

* La Guyane.

étrangers, plutôt que de les autoriser à se regarder comme des enfants disgraciés ?

Non, rien de raisonnable, aux yeux de la saine politique, ne peut être allégué contre la nécessité de rendre le commerce des colonies aussi libre que celui de la métropole.*

Cependant, nous ne nous flattons point d'en convaincre les commerçants de nos ports. Intimidés par l'habitude, ils continueront à demander des libertés pour eux et des gênes pour les autres. Ils n'auront pas le courage d'envisager les étrangers trafiquer librement dans nos îles. Accoutumés aux jalousies, à ne marcher qu'à l'aide de secours trompeurs, ils craindront de perdre les faveurs qui, augmentant la dépense publique, servent bien plus à soutenir la concurrence des étrangers, avec qui ces commerçants les partagent, qu'à aider à notre industrie. Ainsi la prospérité locale des colonies, qui refluerait sur la métropole par tant de canaux divers, sera retardée, tandis qu'elle peut être l'ouvrage d'un moment.

Faudra-t-il, pour revenir de ces méprises, attendre les discussions pénibles et lentes des prochaines législatures ?

Osons proposer aux commerçants un plus court moyen de fixer l'opinion publique. Que, dans les places maritimes, ils chargent quelques-uns d'entre eux de l'utile tâche de rechercher, dans leurs débats sur la régénération des principes commerciaux, le véritable intérêt de la nation, l'état de choses dont les heureux effets seront les plus durables, et les plus étendus. Que, libres de tout intérêt personnel et de tout préjugé d'habitude, ceux qui seront choisis se trouvent engagés, par leur honneur, à étudier dans toutes leurs conséquences nationales, les vrais résultats de ces faveurs, ou de ces privilèges qui dérogent à la liberté, et corrompent, par cela même, l'esprit de ceux qui doivent la défendre.

Cette marche fera succéder la lumière aux ténèbres, des démonstrations exactes à des allégations sans preuve ; elle empêchera les motifs secrets de se revêtir du manteau de l'intérêt public.

---

* C'est dire assez que la liberté du commerce, n'étant pas encore établie en France, jusqu'à l'entière franchise des droits sur les marchandises, celui des colonies serait mis sur le même pied, et que les importations et exportations de l'étranger et à l'étranger, seraient assujetties à des contributions domaniales, telles qu'elles n'excitassent pas à la fraude. On a senti en France la nécessité de les assujettir à cette sage et judicieuse limitation ; elle doit être la même pour les colonies, en attendant que les commerçants se familiarisent avec des calculs et plus sages et plus utiles.

Pourquoi craindrait-on ces délibérations patriotiques, concentrées dans des comités peu nombreux ? Pourquoi le commerce, l'industrie de tout l'Empire, n'auraient-ils pas enfin leurs procureurs généraux, devant lesquels les demandes de l'intérêt personnel ne seraient discutées que dans leur rapport avec l'intérêt général, pour être ensuite mises sous les yeux de l'Assemblée nationale dans leur vrai point de vue ?

La classe la plus nombreuse des commerçants ne peut rien y perdre ; le meilleur système général lui convient mieux que tout autre. Ce n'est pas elle qu'enrichissent les spéculations obscures favorisées par les primes, les privilèges, les prohibitions, et toutes les mesures qui, dans un État comme la France, prouvent des vices, et non des obstacles naturels.*

---

* La navigation exclusive, par exemple, que propose M. Mosneron, fera-t-elle que les Français navigueront à moins de frais ? Et où en sera l'avantage, si l'on est forcé de laisser aux navires étrangers, le transport de nos denrées coloniales ?

On ne peut pas les empêcher de faire échelle dans nos ports ; et dès lors, on reste sans cesse exposé à voir enfreindre l'acte qui restreindra aux seuls vaisseaux français le transport d'un port à l'autre. D'ailleurs, cet acte n'ôterait-il point aux caboteurs étrangers, une des ressources, au moyen desquelles ils peuvent venir charger nos denrées coloniales à un fret, auquel, suivant M. Mosneron, nous ne pouvons pas encore descendre ? Pourquoi cette impuissance ? N'est-il pas singulier qu'il convienne à des Hambourgeois, de venir en France, charger des vins, des sucres, des cafés, etc. pour les transporter chez eux, et qu'il ne puisse pas convenir à des vaisseaux français, de porter ces mêmes denrées à Hambourg, et d'en revenir chargés comme les vaisseaux hambourgeois ? N'est-il pas encore plus singulier que des vaisseaux anglais, et hollandais puissent faire ce voiturage, et qu'il soit impossible aux français ? M. Mosneron appelle cela *de petits profits, dont une nation opulente, et qui fait de grands bénéfices, peut bien se consoler.* Cette opinion, repose sur une erreur ; car la nation n'est pas *opulente*, surtout si sa prospérité dépend de l'exportation de ses denrées coloniales au point où le suppose M. Mosneron ; cette opinion, dis-je, est fausse ; et si elle n'est donnée qu'en attendant que *l'intérêt de l'argent ait baissé, en France, et que notre navigation y soit libre des entraves qui ont arrêté ces développements*, nous dirons à M. Mosneron, que ce n'est pas ainsi qu'on avance vers la vérité ; il faut plus de franchise.

L'acte de navigation exclusive ne peut être qu'une occasion de difficultés, de troubles, de mécontentements et de fraudes. S'il a fait du bien aux Anglais, c'est bien plus à l'ignorance des autres nations, qu'ils en sont redevables, qu'à l'acte lui-même. Si la France eût eu alors, un esprit mâle et vigoureux comme Cromwell, et une bonne administration, l'acte eut été regardé comme impolitique... Il n'y a aucune comparaison à faire entre des messageries étrangères, que l'on appellerait en France, pour y faire le transport des marchandises par terre, et des vaisseaux étrangers voguant d'un port de France à l'autre ; il eut été plus vrai de dire que, de la même manière qu'un Anglais, ou un Hollandais, trouverait moins d'avantage qu'un Français pour établir des messageries en France, un Français a plus d'avantages qu'eux pour caboter d'un port français à l'autre. Donnez-lui un privilège, et le caboteur français deviendra un tyran. Il ne fallait pas répandre du

D'autres considérations, non moins puissantes, sollicitent l'adoption des principes libéraux entre la métropole, les colonies et les autres nations.

---

mépris sur le cabotage, il ne fallait pas se méprendre sur l'école des matelots. C'est le mouvement, l'activité, le danger qui les forment, et c'est l'effet nécessaire de la navigation côtière.

Tous les caboteurs, sont hardis, robustes, excellents marins ; on n'a pas besoin, pour les rendre tels, de les envoyer dans les pêcheries du nord. La nation payera les primes destinées à les y porter, mais peu seront gagnées par des Français. La nature des choses ne les porte pas dans les mers glaciales. La France n'est ni l'Angleterre, ni la Hollande, relativement à ces mers.

M. Mosneron, dans son écrit sur la *nécessité d'établir un acte de navigation en France*, n'a pas assez oublié les vieilles idées. Ôter, enlever, empêcher, appartiennent à l'ancien dictionnaire. Les Hollandais ne pêchent pas un hareng de moins, malgré les progrès de l'Angleterre dans les pêcheries, mais le monde entier consomme davantage de harengs ; il en consommera plus encore, lorsque d'absurdes institutions n'empêcheront pas les Français d'être pêcheurs, *si cela leur convient*.

M. Mosneron pense *qu'il faut toujours citer l'Angleterre en fait de commerce*. Oui, mais souvent pour agir en sens contraire. Les imitations serviles sont rarement heureuses. *Quand le traité de commerce avec l'Angleterre sera expiré*, le plus sage sera peut-être de ne faire aucun traité.

M. Mosneron remarque *que le marché de nos îles est le plus avantageux de tous pour les États-Unis*. Raison de plus pour rendre le marché de nos îles abondant en toutes choses, et de se servir pour cela du stimulant le plus sûr pour les Français, le commerce libre ; ils jouiront de toute leur industrie, et personne alors ne pourra les égaler.

Plus ces marchés seront abondants, et plus nos îles seront puissantes. Plus elles seront puissantes et moins elles craindront la prédiction de M. Mosneron, qui voit *dans les États-Unis les conquérants de toutes les colonies occidentales de l'Europe, et qu'au moyen de ce grand levier, toute cette partie du nouveau monde, déplacera sans doute le pivot du commerce de la terre.*

Le commerce de la terre n'a point *de pivot*, si ce n'est l'axe du monde. Partout où l'on trouve des hommes, on y trouve le commerce. Il est plus ou moins considérable, selon que la civilisation, et la liberté ont plus ou moins d'étendue. Si M. Mosneron croit que l'Europe tombera très prochainement dans la barbarie, alors l'époque où la plus grande activité commerciale aura son siège dans les États-Unis, *peut n'être pas très éloignée*. Mais comme il est beaucoup plus probable que la civilisation européenne durera encore quelques siècles, il est aussi plus sage à la France, de combiner ses mouvements commerciaux avec ses colonies, de manière qu'elles deviennent un lien puissant, entre elle et le nouveau monde ; et le libre commerce sera le plus puissant des liens.

Que d'observations n'aurions-nous pas à faire sur le décret qui prohibe en France tout navire de construction étrangère ! Combien ce décret est contraire aux progrès de l'industrie et de la prospérité du commerce maritime !

Il paraît, par les mémoires des capitaines de vaisseaux marchands, que toute la partie des impositions que les navires payent chez eux et dans l'étranger, est en France entièrement contraire aux intérêts de sa marine. Elle paie beaucoup chez elle et hors de chez elle, tandis que les étrangers paient peu, et chez eux, et en France. Quand une fois ces inconvénients et une foule d'autres parfaitement connus, seront détruits, on n'aura peut-être plus de raisons pour réclamer ces ressources de la politique exclusive, soit des actes de navigation.

Un peuple libre doit être aimé et estimé partout. Rien ne le rend haïssable, comme de suivre, dans le sein de la liberté, les maximes des tyrans ; et la haine prépare la ruine.*

Les colonies désireront toujours l'affranchissement de toute gêne. C'est un désir naturel, qui s'augmentera par des concessions inévitables. Pour se convaincre des combats perpétuels qui se préparent, si la source n'en est pas tarie, il ne faut que lire attentivement la lettre *que les colons, réunis à l'hôtel de Massiac,†* ont écrite aux députés extraordinaires du commerce, et que ceux-ci ont envoyée à leurs commettants. Il est aisé de se convaincre, par cette lettre, que les prétentions politiques des colons blancs n'auront plus d'objet, dès que le commerce sera libre ; que c'est là le but secret de leurs vœux ; qu'ils ne cesseront pas d'être tracassiers jusqu'à ce qu'ils l'aient obtenu.

Enfin, ne songera-t-on point que jusqu'ici les colonies n'ont paru sur la scène politique, que sous un jour humiliant ? Fondées par de courageux brigands, envisagées ensuite comme l'égout de nos villes, on n'a pas tardé à envier les richesses que des fainéants ou des libertins y acquéraient avec facilité. La cupidité, plus encore que le besoin, a confondu dans cette population des hommes de toute origine ; mais sans améliorer leur régime.

Nous croyons, d'après ces circonstances, que les colonies ont un plus grand besoin de régénération que la métropole, et qu'en rendant justice aux Créoles natifs, quelle que soit leur couleur, la régénération s'opérera.

Qu'alors les colonies, régies par de bonnes lois, offriront un asile, que ne redouteront plus tant de Français honnêtes, dont les uns souffrent du trop plein des villes, les autres de malheurs excusables, ou non mérités, et qui tous gagneraient à se transplanter.

---

* La haine chassera de l'Inde les Anglais, pendant que leur politique ajoute, chaque année, un nouveau poids à leur dette. Cette catastrophe sera l'effet du despotisme barbare et déprédateur, qu'ils exercent partout où ils sont les maîtres.

† Cette lettre et la réponse des députés, sont imprimées à la suite de cette Adresse. Nous en aurions parlé plus en détail, si elles nous fussent parvenues plutôt. On y voit pourquoi, sur les objets commerciaux, les colons restent dans des généralités obscures. Ils attendent tout du *soin indéfini de leur régime intérieur, que,* disent-ils, *l'Assemblée nationale doit leur déléguer.* C'est de cette manière qu'ils prétendent que la *Déclaration des droits de l'homme restera intacte* ; et que les colonies n'auront jamais *à craindre aucune loi funeste pour leur administration intérieure* ou *attentatoire à leurs propriétés.* L'obligation de vendre les produits coloniaux, exclusivement à la métropole, est une dérogation aux droits de la propriété : mais les colons s'en inquiéteraient peu, *avec le soin* INDÉFINI *de leur régime intérieur* : À bon entendeur, salut.

Nous croyons qu'alors la transportation des hommes vicieux, se présentera aux législateurs humains, sous une forme qui cessera d'être affligeante.

Nous croyons qu'en les éloignant des objets qui réveillent leurs passions, ou leurs mauvais penchants, il ne manque plus pour régénérer de tels hommes, que d'offrir à leur travail, une récompense facile, sans nuire à leur liberté ; et que les colonies l'offriront, tant qu'il y restera des terrains considérables à défricher... Mais nous croyons qu'on ne peut obtenir aucun de ces avantages, précieux aux yeux des patriotes, ni avec le dégoûtant spectacle de l'esclavage, ni sous les classifications outrageantes que proposent, ou que désirent les colons blancs.

Nous croyons qu'aucune bonne police ne peut s'établir à côté des avanies, des filouteries, des injustices, et des cruautés qu'on se permet envers les esclaves ; et que nulle loi, nul juge n'auront la force et le pouvoir de les en garantir, si les colons ne sont pas contraints à respecter dans l'esclave, non seulement l'homme dont la liberté ne dépend plus que de certaines conditions attachées à son travail, mais encore le serviteur, qui ne pouvant plus être remplacé par la traite, devient par cela même nécessaire à conserver par de sages ménagements.*

Revenant à la question du moment, nous pensons que l'Assemblée nationale ne doit pas différer davantage de condamner les colons blancs ; — que tout délai, à cet égard, ne peut être que le résultat d'une politique insidieuse, occupée à tromper l'Assemblée, dans l'espérance de voir naître des circonstances favorables à la résurrection des préjugés désastreux, qu'elle a si sagement et si courageusement détruits ; — qu'on ne peut, sans de fâcheuses conséquences, laisser plus longtemps les citoyens de couleur sous le poignard de l'incertitude ; — que, dans l'impossibilité de les dépouiller des droits de l'homme et du citoyen, l'appréhension, où les colons blancs les tiennent, est une injure à la métropole, une trahison par laquelle ceux-ci lui aliènent ses plus fidèles citoyens.

Nous pensons que, si les décrets du 8 et du 28 mars n'eussent pas été surpris à l'Assemblée, dans une forme qui se prêtait aux vues des colons blancs, on n'aurait pas été dans le cas d'envoyer des forces

---

* Les députés de Saint-Domingue doutent qu'on puisse améliorer *les lois protectrices* des esclaves. *Qu'elles deviennent meilleures, s'il se peut*, disent-ils... S'il se peut ! On n'en peut pas faire de plus mauvaises, puisqu'elles sont sans exécution.

considérables dans les colonies, et que cette dépense se prolongera, en prolongeant l'inquiétude des citoyens de couleur.

Nous pensons que l'Assemblée nationale regarderait, et avec raison, comme un acte de démence, la demande que ferait pour elle seule, une portion de l'Empire, d'une loi qui dérogerait à la constitution ; — qu'ainsi elle ne se laissera point surprendre par un prétendu consentement des citoyens de couleur, entraînés à des sacrifices par l'impatience de leur pénible situation, et les menaces dont on les environne, de la part de l'Assemblée elle-même.

Nous pensons qu'un citoyen n'est pas libre de renoncer aux principes constitutionnels, pour se convertir volontairement en un esclave ; — que sa personne ne lui appartient qu'autant qu'il ne la fait pas servir à établir des rapports contraires à la Constitution ; — que le respect pour la couleur blanche, que les colons blancs exigent de ceux dont le teint est plus foncé, est un crime de *lèse-nation* que nulle convention ne peut légitimer.

Enfin nous pensons que l'état de choses que les colons blancs veulent maintenir dans les colonies, est surtout incompatible avec l'éducation nationale, dont l'établissement doit compléter la révolution. Car comment admettre dans les mêmes écoles, les Blancs, et ceux qui devront respecter cette couleur ? Établira-t-on deux sortes d'éducation ; ou les Blancs seuls pourront-ils être éduqués ?

Telle est notre profession de foi sur les esclaves, sur la traite, sur les citoyens de couleur, et sur les rapports commerciaux liés à la discussion des intérêts de la métropole et des colonies par les accusations même, que répandent contre nous les ennemis de notre société.

Abolition de la traite, liberté *sagement préparée pour les esclaves*, égalité de droits entre tous les hommes libres, quelle que soit leur couleur, liberté de commerce, et confiance entière dans nos avantages naturels, et dans les résultats nécessaires de la totale destruction de l'Ancien Régime ; tels sont les points que nous serons toujours prêts à défendre par les armes de la raison.

Nous ne prêchons que les leçons de l'expérience, à notre patrie encore éloignée du degré de prospérité et de gloire auquel elle a droit de prétendre, et où ne sauraient la porter, ni le despotisme, ni aucune de ses opinions et de ses maximes. Il ne sait organiser que pour arriver à de honteuses chutes ; tandis que, partout, les institutions de la liberté ont encore la force de lui survivre, tant elles sont nécessaires au genre humain !

Par la liberté, les colonies seront véritablement, non des enfants de la mère patrie ; mais, ce qui vaut mieux encore, des parties du tout qui compose l'Empire français. Elles prospéreront avec lui, et comme lui ; elles ne seront plus une proie ; elles ne s'épuiseront plus sous une dette dont les intérêts excessifs les tourmentent, et entretiennent la haine et la défiance entre les planteurs et les commerçants de la métropole.

Que nos lecteurs nous jugent maintenant, qu'ils prononcent sur la lettre vraiment insensée, que les soi-disant députés ont fait circuler par tout le royaume, pour nous rendre odieux, et tromper la nation sur ses vrais intérêts.

Un de leurs rivaux dans la querelle élevée entre les colons blancs de Saint-Domingue, sur ceux d'entre eux qui s'empareraient du pouvoir législatif, a dit que *la violence et la force ne sont pas des liens durables, que les jougs politiques finissent toujours par être plus funestes à ceux qui les imposent qu'à ceux qui les portent ; car,* ajoute t-il, *la nature donne le droit de résister à l'oppression ; mais elle impose le devoir de la reconnaissance pour les bienfaits.*

Ces vérités sont de tous les temps, de tous les lieux, et pour tous les hommes. Que les colons cessent donc de les méconnaître envers les citoyens de couleur, et que les uns et les autres songent au devoir qu'elles leur imposent envers les malheureux esclaves.

Puisse l'Assemblée nationale dédaigner le vain parlage, qui tantôt insultant à la philosophie, tantôt paraissant lui rendre hommage, foule aux pieds, sous prétexte d'une politique supérieure, la morale, sans laquelle on ne fait que tomber d'erreurs en erreurs, de désordres en désordres. Le bien que l'on diffère rencontre souvent des difficultés plus grandes ; souvent encore les délais rendent les maux irrémédiables.

Délibéré et arrêté dans la Société des Amis des Noirs le 28 mars 1791, et imprimé par ordre de La Société.

Signé, F. Pétion, Président.
J. P. Brissot, Secrétaire.

POSTSCRIPTUM IMPORTANT.

L'impression de cette Adresse était à peine terminée, lorsque la Société des Amis des Noirs a appris que le comité colonial admettait, dans son projet de législation pour les colonies, les Français mulâtres aux fonctions de citoyen actif ; mais qu'il leur refusait la faculté de pouvoir être élus fonctionnaires publics.

Il est impossible de ne pas reconnaître, dans cette espèce de capitulation, un ménagement impolitique et inconstitutionnel, pour les prétentions vaniteuses et déraisonnables des colons blancs.

Si la justice défend impérieusement de refuser aux Français mulâtres, les droits de l'éligibilité, elle ne défend pas moins de leur refuser ceux de citoyen actif. Les deux prérogatives sont inséparables l'une de l'autre, dans l'individu qui réunit, en sa personne, les conditions attachées par la loi à leur exercice.

La France, dans sa plus grande partie, n'était pas mieux préparée que les colonies, au grand évènement, qui restitue au peuple le droit inaliénable de choisir les exécuteurs des lois. Pourquoi donc cette restitution serait-elle limitée dans les colonies ? On en cherche en vain les motifs, tous sont frivoles ou injustes ; car, le plus important de tous, c'est le préjugé de la couleur de la peau, c'est la *criminelle* et ridicule prétention de vouloir établir un respect constitutionnel de la part des Français basanés envers la *couleur blanche*. Y a-t-il une considération politique ou morale qu'un homme de bon sens voulût faire valoir en faveur de ce préjugé ? N'est-il pas de la nature de ceux qui disparaissent, comme une ombre, dès que la raison veut les fixer ?

Tous les hommes se doivent le respect les uns aux autres ; les vicieux seuls sont méprisables ; et c'est donner évidemment des prérogatives au vice, que de constituer un état civil, dans lequel certains hommes se trouvent obligés d'en respecter d'autres et de leur céder certaines fonctions publiques, à cause d'un accident sur la peau, absolument étranger aux facultés intellectuelles.

Cette bizarre institution serait trop contraire à tous les principes, pour n'être pas le fondement d'une haine d'autant plus dangereuse, qu'elle serait légitime de la part des citoyens de couleur envers les Blancs. Les sophismes ne changent rien à la vérité ; cette haine est inévitable dans l'état de choses que propose le comité colonial. Il n'y a pas un homme qui ne se sente disposé à détester ceux auxquels on veut le soumettre par de mauvaises raisons. Les lumières ne pourraient pas s'avancer d'un degré dans la classe dégradée, sans que le sentiment de l'injustice ne devînt plus vif, et, par conséquent, la haine plus violente.

S'il faut choisir entre les mécontentements, qui doute qu'on ne doive sacrifier ceux qui ne sont qu'un écart de l'esprit, un oubli de la raison ?

On nous a souvent dit que les citoyens de couleur, libres dans leur choix, le feraient tomber sur les Blancs, tant ils sont accoutumés à les respecter… En ce cas, les Blancs sont des insensés, s'ils veulent forcer le choix. C'est substituer la haine à la confiance, c'est vouloir se dispenser de cultiver le sentiment le plus nécessaire à la paix publique.

Nous citera-t-on l'exemple de la France, où l'Assemblée a distingué des citoyens actifs inéligibles et des citoyens passifs, pour nous prouver qu'on peut graduer aussi ces distinctions dons les îles ? Mais sans examiner si cette distinction est juste ou injuste, politique ou impolitique, nous dirons qu'elle n'a aucune analogie avec le principe de la distinction d'éligibilité, qu'on veut introduire dans les colonies. En France, la faculté d'élire tient à une inégalité pécuniaire que chacun peut espérer de franchir. Dans les colonies, cette inégalité, tenant à la couleur de la peau, serait insurmontable. En France, l'inégalité pécuniaire n'est pas visible, n'est pas marquée sur le front, ne crée point, par conséquent, insolence d'un côté, mépris et haine de l'autre. Dans les colonies, cette inégalité serait écrite sur la peau ; il est impossible à l'être qui la porte, d'échapper à l'humiliation, et, par conséquent, de se refuser à la haine. Or si l'on veut ramener la paix dans les îles, doit-on laisser un germe aussi puissant de haines, de divisions, de guerres ?

Nous conjurons nos législateurs de se pénétrer de l'importance de la résolution qu'ils vont prendre. La réputation de l'Assemblée en dépend. Sacrifier les principes dans des circonstances momentanées, peut être quelquefois la triste condition de l'homme social, jusqu'à ce que l'ordre soit généralement établi sur la terre ; mais les sacrifier dans des lois durables, dans des lois qui donnent la première impulsion à la chose publique, qui décident des mœurs, et qui influent sur tous les rapports sociaux ; c'est ce que nulle situation ne peut excuser, et c'est surtout ce que n'admet pas l'état actuel des choses, entre la métropole et les colonies.

Nous nous flattons d'avoir porté la lumière, et sur les prétentions des colons blancs, et sur les droits des citoyens de couleur, et sur tout ce qu'il importe de considérer dans cet intéressant procès entre des frères. Il ne nous reste qu'à désirer que ceux qui sont appelés à le juger, veuillent bien lire et peser nos observations. Ceux-là seuls peuvent s'en dispenser, qui sont affermis dans les principes de la Constitution, et dans l'opinion que rien ne doit les faire fléchir, quand il s'agit de l'état politique et civil des personnes.

Supplément nécessaire à l'adresse de la Société des Amis des Noirs, en faveur des hommes de couleur.

Distribué le 11 mai 1791, à l'Assemblée nationale.

Enfin la voix de la justice et de la raison s'est fait entendre en faveur des citoyens de couleur ; l'Assemblée nationale, repoussant les artifices avec lesquels on voulait encore étouffer la discussion du projet que son comité vient de lui proposer, en a ordonné l'impression et l'ajournement. Elle n'a vu, dans ce projet, qu'un nouveau moyen de condamner à l'ignominie, à une dégradation injuste, des hommes libres, propriétaires et contribuables ; et elle a manifesté le désir et la volonté d'être juste envers eux. Il faut donc lui présenter toutes les lumières qui peuvent l'éclairer sur un sujet que la cupidité n'a cessé d'obscurcir ; il faut, en lui citant sous les yeux les événements qui se sont passés depuis la publication de notre Adresse, en lui exposant les absurdités et les inconvénients du projet de congrès qu'on lui a proposé ; il faut lui prouver combien il importe, si l'on veut sauver les colonies, de peser et surtout de rendre claire la décision qui assurera à jamais aux citoyens de couleur, les droits de citoyens actifs.

Nous voyons avec la satisfaction la plus douce, par les divers comptes rendus de notre Adresse dans plusieurs journaux, et par les sentiments qu'un grand nombre de Sociétés d'Amis de la Constitution ont manifestés, que l'opinion des Amis des Noirs n'est maintenant que l'opinion publique... Oui, la cause des Français mulâtres est gagnée ; il ne reste à ses ennemis que l'espoir d'en retarder les heureuses conséquences par la ruse et l'intrigue. Mais ces dernières armes seront bientôt rendues inutiles par les progrès rapides de l'esprit public.

Arrêtons-nous quelques instants sur les événements qui, dans l'importante cause dont la société s'est occupée, affligent les patriotes.

Ogé n'est plus ; cet intrépide défenseur des droits imprescriptibles de ses frères, a péri, avec plusieurs de ses compagnons, dans le plus affreux des supplices ; dans ces horribles tourments destinés, non à venger les lois, mais à répandre l'effroi ; et à calmer les terreurs dont l'âme des tyrans ne cessera jamais d'être agitée.

Nous le savons ; la sentence de ces déplorables victimes des premiers décrets enlevés à l'Assemblée nationale sans discussion préalable ; cette sentence, prononcée par les violateurs de ces décrets, déclare Ogé et ses complices convaincus de vols, d'assassinats, d'incendies… Mais lorsqu'on veut faire périr sous le glaive des lois les hommes qui défendent leur propriété naturelle, il faut bien changer en crime leur légitime défense.

S'il est une guerre qui puisse être ennoblie par son objet, c'est sans doute celle où l'homme s'arme contre son semblable, lorsque celui-ci veut lui ravir les droits que le créateur du monde a donné à tous les hommes.

Lui comparera-t-on ces guerres solennelles où les nations s'égorgent, soit pour de méprisables questions, soit pour des possessions que ne connaissent, ni celui qui ordonne le combat, ni ceux qui le dirigent et le soutiennent, ni le peuple qui y perd et son sang, et son repos, et ses moyens de subsistance. Ces guerres sont, aux yeux de la raison, aussi honteuses, aussi criminelles que l'autre est nécessaire et glorieuse.

Dans la première, si les tyrans sont vaincus, ceux qu'ils opprimaient ne leur demandent que de consentir enfin à régner au nom des droits sacrés de l'homme ; de respecter ceux qu'il n'a ni abandonné, ni pu abandonner dans l'ordre social. Si, au contraire, les infortunées victimes des tyrans succombent à la faiblesse de leur insurrection, les supplices les plus affreux sont la punition des uns, et l'appesantissement des chaînes du despotisme le partage des autres.

Dans les autres guerres, dans celles où l'homme, méconnaissant la justice et la raison, se livre à toute la fureur des tigres pour faire réussir les plus viles spéculations, on a établi un prétendu droit de la guerre, un mode de vivre par lequel, après s'être réciproquement accusés de brigandage, le vainqueur finit par honorer le vaincu.

Ces deux codes, dignes de la législation de l'enfer, sont-ils des fruits de la civilisation ? Non, le premier est le crime des brigands que la fortune aveugle favorise, l'autre est un reste de la férocité naturelle aux sauvages, appliquée aux combinaisons plus savantes de la corruption.

Et quelle différence du traitement infligé à ces prisonniers, qui, pour un vil salaire, et sans aucun motif de justice, cherchent à détruire nos propriétés, à porter le feu et la flamme dans nos habitations ; quelle différence de leur traitement à celui de ces hommes qui, sentant la dignité de leur être, indignés de l'oppression, cherchant à en secouer le joug, succombent dans leurs efforts, et sont pris les armes à la main ? Les premiers sont traités avec humanité, le droit des gens les protège, un cartel vient bientôt leur rendre leur liberté, pour les mettre à portée de commettre encore de nouveaux forfaits, de vivre du sang des hommes ; tandis que l'infortuné, qui n'a pris les armes que pour sauver sa liberté et celle de ces frères ; que pour réclamer des droits sacrés, inaliénables ; qui a porté dans sa défense la noblesse et l'humanité dignes d'un ami des hommes, cet infortuné est condamné comme malfaiteur ; il n'est ni droit des gens, ni droit social qui puisse le sauver de la mort. Le plus grand des forfaits, aux yeux des tyrans, est l'amour de la liberté.

Tel a été le crime unique d'Ogé ; il est mort martyr de la liberté. À qui doit-il son supplice ? La loi naturelle, la révolution, les décrets, tout était pour lui. Mais il avait contre lui l'audace des Blancs, accoutumés à tyranniser les mulâtres dans les colonies ; de ces Blancs témoins des terreurs qu'ils avaient su inspirer : il avait contre lui la faiblesse des hommes honnêtes, qui cachent leur pusillanimité sous le nom de modération ; qui craignent de déployer trop de fermeté dans la destruction des abus, qui préfèrent des palliatifs, des moyens obliques, de tristes équivoques, et qui par là enhardissent le crime au lieu de l'effrayer, et font couler le sang qu'ils voulaient sauver. C'est à leur faiblesse qu'on doit la mort d'Ogé. S'ils avaient voulu se rendre aux arguments de M. l'abbé Grégoire, s'ils avaient compris nommément les hommes de couleur dans la classe des citoyens actifs, les Blancs ne se seraient pas appuyés sur un mot vague pour leur en refuser les droits ; Ogé n'aurait pas été forcé de recourir à l'insurrection ; il n'eût pas été traité de rebelle, et supplicié comme le dernier des scélérats. Voilà le triste fruit de la mollesse des hommes *modérés*. Quand abjureront-ils ce système imprudent de conduite, qui, sous le despotisme, a retardé les pas de la liberté, qui, sous la liberté, encourage le despotisme ?

Ils ne voient pas qu'en poursuivant avec la plus inconcevable légèreté, les actifs défenseurs des droits de l'homme, sous la dénomination d'*exagérateurs*, ils deviennent, sans s'en douter, les appuis des ennemis les plus cruels de la liberté. Qu'ils se rappellent, ces timides citoyens, que sous l'Ancien Régime, tout honnête homme montrant un peu d'énergie, était dénoncé comme une tête exaltée, et qu'entraînés eux-mêmes par cette séduction, leur tolérance nous condamnait tous à souffrir le despotisme des scélérats, jusqu'à ce que ceux-ci se soient eux-mêmes liés les mains par leurs propres excès.

C'est donc à ces hommes, qui se vantent d'une modération dont les effets sont mille fois plus cruels que les excès dont, ils s'effraient qu'il faut demander si ce sera toujours en l'arrosant du sang de ses fidèles adorateurs que l'autel de la liberté s'élèvera ? Si nous ne pouvons pas espérer que la raison viendra délivrer les despotes, les aristocrates eux-mêmes de leurs propres extravagances, en les éclairant sur leurs intérêts ? Que demandent-ils ? des honneurs et des biens… Mais que signifient les honneurs, de quelle valeur sont les biens, quand leur source est empoisonnée ?

Malheureux contempteurs de vos semblables ! impitoyables bourreaux ! vous vous trompez encore si vous pensez que les temporiseurs seront toujours les maîtres de vous sauver ; écoutez-nous, les instants sont précieux ; votre cruelle impolitique va conduire les colonies à un bouleversement, où votre sang, toujours menacé, n'échappera pas au fer vengeur, quelles que soient les mains dans lesquelles la force des choses le placera.

Vous vous êtes hâtés de supplicier Ogé et ses compagnons ; vous avez craint que les vaisseaux de la métropole, qu'on signalait déjà avant que votre horrible sentence fût rendue, ne vous portassent des ordres qui auraient tiré de vos mains ces infortunés. Qu'avez-vous fait ? Dites-nous s'il est un seul mulâtre, à moins qu'il ne fût le plus stupide des animaux, qui n'ait pas senti sur ses propres membres, les coups de l'instrument atroce que vous avez choisi pour les faire périr ? Qui d'entre eux, remontant péniblement de sa douleur à la cause, n'a pas vu Ogé souffrant pour eux, mourant pour eux, des mains de leurs féroces ennemis ! Et pensez-vous que d'aussi horribles scènes, où triomphent la cruauté et l'injustice, ne préparent pas dans le silence les scènes du désespoir ?

Non, Ogé n'était pas un malfaiteur. Né avec la fierté que devraient avoir tous les hommes ; tant de fois témoin de l'indolence des Blancs, souvent outragé par eux, il avait fui des tribunaux où la couleur de la peau est le premier des crimes. Témoin de notre révolution, il avait vu tomber ces tours sur lesquelles nous ne pouvions jeter que les regards de l'innocence tremblants devant le crime disposant à son gré, de la force publique ; il avait vu la liberté abattant la Bastille. La Déclaration des Droits de l'Homme avait rempli son âme d'espérance. Il avait assisté à cette confédération, si justement célèbre, de toutes les parties de la France réunies pour jurer de vivre libre ou de mourir ; il portait sur sa poitrine le signe mémorable de ce serment, qui élève les Français au dessus de tous les peuples ; de ce serment nécessaire, qui déshonorera pour jamais, le citoyen qui aura la faiblesse de l'oublier ; de ce serment, enfin, dans lequel il lisait chaque jour la libération de ses frères, le terme de leurs humiliations, le gage de la prospérité des colonies, le garant d'une législation qui allait mettre dans les mains de leurs véritables enfants, les moyens d'honorer leur patrie, d'en faire le séjour de l'abondance, de la paix et du bonheur.

Plein de ces idées, il assiégeait sans cesse la porte des membres du comité colonial. Qu'ils nous redisent ses discours ; il ne pouvait pas feindre, sa fierté l'eût bientôt trahi. Ogé était un de ces Créoles dont l'éloquent Raynal a tracé un portrait intéressant. Les membres du comité n'ont pu méconnaître en lui l'ardent, le courageux défenseur du seul sens raisonnable que puissent admettre les décrets des 8 et 28 mars.

Sa tête était dévouée par des lâches qui n'osaient pas ici le regarder en face, et qui ne savent méditer que des assassinats. Bientôt convaincu, en arrivant à Saint-Domingue, que l'interprétation des décrets allait dépendre, même auprès du comité national, non des expressions, mais du degré de force que manifesteraient ses frères,[*] qu'on affectait de confondre ici avec les esclaves ; il jugea que les citoyens de couleur devaient se montrer en état de prendre sur leur sauvegarde, les droits qu'on voulait leur ravir ; il jugea, en homme qui connaissait les Blancs et leur déplorable crédit, que, dans la métropole, des doléances sur leur injustice et leur trahison, seraient méprisées ; et certes, il en avait le présage dans les tergiversations d'un comité où les tyrans des citoyens de couleur, avaient eu l'art d'entrer, et de se rendre les plus forts.

Ô vous qui avez reconnu le droit de tous les hommes, *de résister à l'oppression* ; vous qui avez déclaré que *l'insurrection était le plus saint*

---

[*] M. Barnave n'a pas craint, en effet, de faire valoir que les mulâtres étaient désarmés.

des devoirs, osez prononcer, sur la foi de leurs ennemis, qu'Ogé et ses compagnons furent des malfaiteurs, parce que dans leur insurrection, prenant la défense des décrets libérateurs, ils ont été entraînés pour défendre leurs propres personnes, dans les horreurs dont toute guerre s'accompagne nécessairement.

Ah ! sans doute elle est horrible la guerre, par les maux et les crimes qu'elle enfante ! Mais les tyrans qui font périr dans les supplices les défenseurs de la liberté et des lois, nous préparent-ils la fin de ces crimes ? — Non, et les colons blancs ont ajouté, par la mort tragique d'Ogé et de ses compagnons, un nouveau degré d'énergie aux causes du désordre dont ils appréhendent les effets.

Combien les colons blancs devraient se défier des passions qui les entraînent !

Aliéner les hommes de couleur, c'est s'imposer la nécessité d'une force armée étrangère aux colonies. Mais, indépendamment du fardeau ruineux qu'elles auraient à supporter, peuvent-ils compter que cette force obéira servilement à toutes leurs conceptions tyranniques ?

Le second article, dont nous avons à parler, ne fait pas moins sentir, que le massacre d'Ogé par le fer de la loi, la nécessité de se hâter de mettre les colonies sous la sauvegarde de la politique humaine et juste que nous prêchons. Cette discussion est importante, nous prions nos lecteurs de la suivre avec attention.

Pourquoi les colons blancs résidant à Paris, craignaient-ils les envois de troupes ? Parce qu'ils avaient découvert, par leur espionnage dans les bureaux, que le ministre de la marine (M. de La Luzerne) regardait les hommes de couleur libres, comme égaux en droits aux colons blancs, comme citoyens français, et par conséquent comme devant concourir avec les Blancs dans les fonctions publiques, conformément aux lois et aux principes de la métropole ; et qu'il avait donné des instructions en conséquence. C'était là le crime de ce ministre aux yeux des députés, et de là, leurs manœuvres pour empêcher toute expédition de troupes, et leurs conseils pour s'opposer à leur débarquement.

Mais en mettant la confusion et le désordre dans les îles, par leur lettre du 12 août, l'envoi des troupes n'en est devenu que plus nécessaire. Alors, il a fallu les séduire ; et en effet, deux régiments et les équipages des deux vaisseaux qui les portaient, et qui ont suivi de près le décret du 12 octobre, sont arrivés, séduits en faveur de l'Assemblée de Saint-Marc que le décret cassait. C'est ainsi que leur premier mouvement a été une désobéissance et une sédition.

Les régiments, ignorant l'état des choses à Saint-Domingue, ont cependant voulu, contre la volonté de M. Blanchelande,[1] débarquer au port au Prince, chef-lieu de la révolte contre les décrets des 8 et 28 mars ; et c'est après avoir été fêtés par les Blancs de ce port, que M. Mauduit a été massacré,[2] que M. Blanchelande obligé de fuir, et que les séditieux n'ont plus laissé de doute sur leur but, celui de venger l'Assemblée de Saint-Marc.[*]

Mais qui a séduit le régiment et les équipages ? Où les a-t-on séduits ? Quels discours ont pu faire impression sur des soldats et des marins qu'on ne pouvait soupçonner d'aucune mauvaise intention contre leur patrie ?

On se rappelle l'arrivée à Brest du vaisseau le Léopard. Tout l'équipage, loin de penser qu'il soustrayait à une autorité légitime les membres de l'Assemblée de Saint-Marc, croyait au contraire avoir arraché des victimes aux fureurs du despotisme. L'illusion fut telle que tous les patriotes de Brest s'y trompèrent. Ces membres réfractaires aux décrets de l'Assemblée nationale, arrivés à Paris, où M. Barnave, toujours égaré par ses premiers pas, et toujours égarant l'Assemblée sur les colonies, empêcha qu'ils ne fussent entendus. Cette impolitique leur laissa la funeste apparence de citoyens opprimés ; et dès lors il leur fut facile de faire passer, dans les deux

---

[1] Philibert Rouxel de Blanchelande, gouverneur de Saint-Domingue de novembre à 1790 à septembre 1792, responsable de la capture et du supplice d'Ogé, il dirige les forces royalistes qui répriment la révolte de Boukman. Rapatrié en métropole sur ordre de Sonthonax, l'envoyé de la Législative, le tribunal révolutionnaire l'enverra à la guillotine le 11 avril 1793. Arrêté comme complice de son père, son fils, qui avait été son aide-de-camp, subit le même sort, le 20 juillet 1794. *(Note de l'éditeur)*

[2] Antoine Thomas Mauduit du Plessis (1752–1791). D'une famille normande établie en Bretagne, le chevalier participa à la guerre d'indépendance des États-Unis, avant d'être envoyé à la tête du régiment stationné à Saint-Domingue en 1788. Adversaire déclaré de la Révolution, il refusa, d'accord avec le gouverneur Blanchelande, d'en appliquer les décrets, fit arrêter les membres de la commission coloniale, supprimer l'Assemblée de Saint-Marc, et désarmer la garde nationale, remplacée par les « Pompons Blancs », recrutés parmi les riches colons. Lors de l'arrivée des régiments d'Artois et de Normandie, les troupes coloniales, convaincues que leur colonel les avait abusées avec de faux ordres censément issus de la métropole, le massacrèrent au cours du soulèvement qui s'ensuivit. *(Note de l'éditeur)*

[*] On a répandu, au débarquement de ces troupes circonvenues, qu'un décret du 17 décembre révoquait celui du 12 octobre, et blâmait le régiment du Port-au-Prince, et surtout son colonel, pour avoir coopéré à la dissolution de l'Assemblée générale de Saint-Marc.

vaisseaux qui ont suivi de près le décret du 12 octobre, le même esprit qui régnait dans l'équipage du Léopard ; et d'autant mieux que ces vaisseaux ne portaient point de commissaires.*

Ainsi, c'est au nom de la liberté détruisant le despotisme, que les deux régiments et l'équipage des deux vaisseaux ont été trompés ; et c'est en Europe même que cette séduction a été opérée ; sans cela M. Blanchelande n'eût pas trouvé sur les vaisseaux, lorsqu'il leur déclara le lieu où les régiments débarqueraient, une volonté déjà formée et contraire à la sienne.

Et qui s'est rendu coupable de cette séduction ? Certes il faut convenir que si ce ne sont pas les membres de l'Assemblée de Saint-Marc eux-mêmes, M. Barnave les a étrangement dévoués aux plus violents soupçons. Obligé de rendre compte à l'Assemblée nationale des événements sinistres qui ont suivi l'arrivée à Saint-Domingue des régiments de Normandie et d'Artois,† il a déclaré qu'il avait dans sa poche, depuis deux jours, une pièce où les ci-devant membres de l'Assemblée de Saint-Marc *reconnaissent leurs erreurs, jurent obéissance aux décrets, et rétractent les écrits où ces décrets sont attaqués.* Cette pièce si importante existait depuis deux jours et n'était pas connue ! Et le public n'était pas informé de cette rétractation par ceux même qui l'ont faite! Et c'est après les plus tristes nouvelles, après une vengeance qu'eussent déjà exercé les membres de l'Assemblée de Saint-Marc contre M. Mauduit, s'ils eussent été les plus forts, que cette déclaration sort tout à coup de la poche de M. Barnave ! Quelle fatalité, si elle était résolue avant les nouvelles de Saint-Domingue !

---

* Les commissaires et le complément des vaisseaux et des troupes ne sont partis que trois mois après le décret de l'Assemblée nationale. Et qui sont ces commissaires ? Leurs œuvres les jugeront. Nommés sous l'influence de la députation des colonies, qui a fait écarter M. Lescalier, nous avons besoin, pour avoir confiance en eux, de croire que l'esprit public et leur dévouement aux principes de la constitution, les auront garantis des erreurs dont on a cherché à les environner. Leurs instructions devaient les suivre de près, cinq mois sont écoulés, elles ne sont encore prêtes. Le comité colonial semblait occupé de profonds examens, de grands travaux ; il vient de présenter à l'Assemblée un projet de décret en seize articles, sans autre discussion préalable que la menace de la perte des colonies, si l'Assemblée ne convertit pas en décret ce tardif projet.

† M. Barnave n'a pas dit un mot sur le supplice du malheureux Ogé et de ses compagnons : pas un mot sur le meurtre de M. Mauduit, dont l'Assemblée nationale avait approuvé la conduite. Serait-ce parce que ces scènes de sang lui font déplorer la funeste erreur qui conduisait à sanctionner dans les colonies une constitution opposée à celle de la métropole ?

Nous reviendrons sur cette tardive rétractation ; notre but n'est point de nous porter accusateurs, mais de faire observer, dans les événements, tout ce qui prouve la nécessité des moyens de paix solide et durable que nous sollicitons pour les colonies.

Nous disons donc qu'une politique sage et éclairée ne peut pas éviter de faire, sur cet évènement, deux considérations importantes.

La première, que les troupes de ligne ont cru servir la cause de la liberté ; et que leur attachement pour elle, étant constitutionnel, il est impossible que leur défaut de discipline, ne soit pas infiniment dangereux dans des contrées peuplées d'esclaves, que l'humanité défend de rendre *subitement* à la liberté ; car le spectacle de l'esclavage, les familiarités des soldats avec les négresses, leur dispersion et leur loisir dans un climat qui allume le sang, doit relâcher nécessairement la discipline. Et dès lors qui sait si, flattés par les divers partis qui veulent se faire d'eux un appui, sensibles à tout ce qui peut leur laisser entrevoir un changement avantageux, les régiments de Normandie et d'Artois, aidés des matelots avec lesquels ils ont fait la traversée, n'auront pas déjà proclamé la liberté des esclaves ? Osons espérer, et certes ce ne sera pas une petite preuve de ce qu'on gagnerait à cultiver la raison chez tous les hommes ; osons espérer qu'ils auront attendu les décrets de la métropole sur un point aussi délicat.

La seconde observation naît de la première. Le soldat du continent ne pouvant être que dangereux dans les colonies, il en résulte que le colon est le seul auquel on puisse confier avec sûreté la tranquillité des colonies. C'est par des indigènes, personnellement intéressés à l'ordre que les circonstances exigent, que tout doit être gardé dans les colonies. Si l'on ne peut s'y passer constamment de mercenaires européens, ils n'y seront utiles qu'autant qu'ils seront surveillés et contenus par les indigènes ; et comment ceux-ci s'intéresseront-ils à la tranquillité, tant que des intrus, ou des hommes un peu moins basanés qu'eux, voudront les tenir dans l'abjection ? Colons blancs contre colons basanés ; soldats étrangers aux colonies sollicités par les deux partis ; esclaves témoins aussi des fermentations de la liberté, et n'ayant au-dessus d'eux que des hommes divisés par la haine, ne sont-ce pas là des matières combustibles, que leur frottement en tout sens peut enflammer à chaque instant?

Ainsi la conduite des régiments de Normandie et d'Artois ; le même esprit manifesté dans l'équipage des navires ; l'état de choses qui a fait fuir M. Blanchelande, et qui le fait désespérer du salut des colonies ;* tout cela avertit puissamment, et les colons blancs, et la métropole, que sous peine de perdre les colonies, les lois d'égalité doivent y être établies avec loyauté et franchise, comme la plupart des membres de l'Assemblée nationale en ont eu l'intention, et ont cru l'avoir manifestée par les décrets des 8 et 28 mars.

Passons au troisième évènement, il regarde l'abolition de la traite.

Tout annonçait que le parlement d'Angleterre allait l'accorder à l'humanité et à la saine politique ; les marchands de chair humaine ont réussi à la sauver de la proscription prononcée par les honnêtes gens. Mais comment ? Contre les discussions les plus approfondies ; nonobstant les témoignages les plus évidents ; et malgré le sentiment des membres du Parlement, les plus instruits et les plus célèbres. M. Fox, M. Pitt, ordinairement opposés l'un à l'autre, se sont réunis et se sont attachés à prouver la nécessité d'abolir ce trafic, également odieux, impolitique et désavantageux à leur nation. On ne leur a rien opposé, on n'a point contredit le rapport circonstancié et constamment appuyé de preuves, fait par M. Wilberforce,[1] pour ne laisser aucun doute sur la foule de motifs qui doivent effacer des registres du commerce anglais, cette horrible souillure. On n'a combattu ces motifs que par de vils sarcasmes contre la religion de l'humanité, que par d'exécrables plaisanteries sur la philosophie, au point que ceux-là même qui s'étaient proposés de voter pour la conservation de la traite, sont sortis de la chambre, honteux d'avoir promis leur suffrage. Enfin, et les bourreaux conjurés, et ceux qui ont craint d'y perdre d'infâmes profits, et les hommes qui accommodent leur conscience avec le silence de la faiblesse, ont fait perdre *quant à présent*, l'espoir des philanthropes anglais, de voir leurs vertueux efforts couronnés dans cette session. Mais ont-ils perdu l'espérance d'obtenir ce succès dans une prochaine session ? Tant s'en faut. Ils se sont engagés à reproduire la même pétition, et à redoubler d'efforts contre leurs adversaires.

Que faut-il attendre de ce débat ? Pense-t-on que des combats multipliés, où toute la sagesse était d'un côté, tandis que de l'autre on n'a vu que cruauté et folie, n'approchent pas de sa fin le monstrueux

---

* Sa lettre n'a point été lue à l'Assemblée nationale. Comme si l'on peut faire les affaires d'une nation libre en la trompant !

[1] William Wilberforce (1759–1833), parlementaire anglais qui combattit toute sa vie durant en faveur de l'abolition de l'esclavage, qu'il obtint, au Royaume-Uni, peu de temps avant de mourir. *(Note de l'éditeur)*

commerce des esclaves ? Autant vaudrait dire que les fureurs des despotes, les extravagances auxquelles ils sont condamnés, et les supplices dont ils prétendent effrayer les apôtres de la liberté, éterniseront, au lieu de détruire, leur insensé gouvernement.

Le coup mortel est porté, l'infamie est prononcée. Il n'y a plus qu'opprobre et dangers pour ceux qui consacreront leurs capitaux, leur temps, leur industrie, à la traite des Noirs ; et si les législateurs n'ont pas assez de courage d'esprit, et de lumières pour proscrire incessamment cette affreuse révolte contre la nature, l'opinion publique ne saurait tarder à en faire justice. Les rapprochements par lesquels on mesure les degrés de l'estime, deviendront tous les jours plus familiers et plus justes ; et lorsque l'on comparera celle qu'osent prétendre encore les trafiquants d'esclaves, à cette impression d'horreur, fruit de l'instinct moral, dont nous ne pouvons nous défendre à la vue des hommes consacrés à l'exécution des cruautés légales, cette comparaison, où l'on a droit de se plaindre de l'opinion publique, achèvera de faire exécrer la moins pardonnable et la plus barbare des industries.

Ainsi, dès à présent, les commerçants de nos ports, que la révolution a délivrés de tant de chaînes, vont s'occuper à remplacer la traite ; ils vont ouvrir leur intelligence à des spéculations plus utiles et plus honorables.

Fournir l'Europe avec abondance de sucre, de café, de cotons, d'indigo, etc. sans qu'il en coute une larme à l'humanité, sans qu'aucune des douces lois de la nature soit violée, va devenir le noble motif qui fera déployer les couleurs nationales partout où ces productions arrivent cultivées des mains de la liberté. Nos cultivateurs vont nous enrichir de l'érable à sucre, trop longtemps caché pour nous, puisqu'il ne redoute pas nos climats, et que des expériences multipliées nous apprennent que ses dons sont abondants et faciles à obtenir.

Ainsi, dès à présent, les esclaves de nos colonies vont respirer. Avertis que la traite ne saurait longtemps remplacer les mortalités cruelles que l'avarice cause parmi les nègres, les colons de toute couleur vont se réunir pour assurer à leurs esclaves le bienfait d'une sage police.

En les instituant pour la liberté, on peut les élever aux bonnes mœurs, puisque ce sont des enfants ; et leur race deviendra bientôt nombreuse. Il n'en coutera pas même un déficit dans les produits, puisque nos colonies n'usent encore que peu, des moyens de suppléer

Loïc Thommeret

aux bras, et que cependant ces moyens leur sont assez connus pour y avoir recours.

Quels hommes peuvent être plus utiles, ainsi que nous l'avons dit dans notre Adresse, pour ce nouvel ordre de choses que nous commande la révolution, si ce ne sont pas des hommes de couleur ?… Cette réflexion nous ramène à l'Adresse des membres de la ci-devant Assemblée de Saint-Marc, et au projet de décret dont elle a bientôt été suivie.

Ou les ci-devant membres de l'Assemblée de Saint-Marc ne sont que des fourbes, ou il faut croire qu'ils ont abjuré leurs erreurs. Nous n'hésiterons pas à les croire attachés à la métropole ; nous ne doutons pas qu'ils ne soient sincères, lorsqu'ils *reconnaissent authentiquement la puissance suprême de l'Assemblée nationale sur tout ce qui porte le nom français, leur intérêt personnel est le garant de leur fidélité.* Dès qu'ils peuvent rester réunis à la mère patrie, et participer ainsi à une Constitution libre, *la protection et un grand peuple*, dont ils font partie *intégrante*, n'a pour eux que des avantages, et ces avantages sont nombreux.

Mais, pourquoi dans cette Adresse, si satisfaisante relativement à son principal objet, ne voit-on pas un mot sur les Français de couleur ?

Ce silence est extraordinaire. On ne l'explique qu'en remontant à la principale raison qui a porté tous les colons blancs vers l'indépendance, les uns sous une forme, les autres sous une autre, comme nous l'avons démontré dans notre Adresse ; à la crainte de voir les hommes de couleur partager avec eux tous les droits de citoyen français, conformément aux principes de la constitution.

En effet les colonies ont été bien plus troublées par cette crainte et par le mépris des principes constitutionnels, que par les tentatives d'indépendance. Celles-ci n'étaient qu'un effet dont la volonté de primer sur les hommes de couleur était la cause. On abjure les tentatives, et l'on ne dit mot de leur origine ! Pourquoi ?

Le sacrifice des hommes de couleur serait-il le prix des déclarations dont M. Barnave était le porteur, de la part des ci-devant membres de l'Assemblée générale de Saint-Marc ?

Examinons.

Ces Américains terminent leur *profession de foi* en déclarant *que les instructions que l'Assemblée est sur le point de décréter ne sauraient recevoir une exécution trop prompte*, mais ils ajoutent, *qu'elles ne l'obtiendront qu'avec le titre de loi provisoire…*

138

Or qu'est-ce qu'une *loi provisoire* ? C'est une loi temporaire dont on désire, dont on prévoit la fin, lorsque les circonstances, qui paraissent exiger une telle loi, auront cessé… Ces sortes de loi sont donc une capitulation ? Et avec qui l'Assemblée nationale de France, dont *les Américains réunis à Paris reconnaissent la suprême puissance sur tout ce qui porte le nom Français*, serait-elle dans le cas de capituler ? Avec une portion de Français ; avec les ci-devant membres de l'Assemblée de Saint-Marc, qui, au milieu de leurs protestations d'obéissance, osent lui déclarer que *ses instructions n'obtiendront une prompte exécution qu'avec le titre de* LOI PROVISOIRE ? Certes, si ce n'est pas là contredire la soumission dont ils prétendent effacer leurs erreurs, qu'on nous dise donc ce que les ci-devant *Américains composant l'Assemblée de Saint-Marc*, entendent par *l'obligation où sont tous les membres de l'Empire de se soumettre* aux décrets de l'Assemblée nationale ? Porte-t-on *le nom Français*, fait-on partie de l'Empire français, lorsqu'on ne promet obéissance à ses lois qu'autant qu'elles ne seront que *provisoires* ?

Ce n'est pas tout. M. Barnave, parlant d'une autre Adresse des mêmes personnes, qui n'a point été lue à l'Assemblée nationale, et que l'Assemblée n'a point demandé à connaître, renferme leur vœu de convertir les *instructions* en un *décret provisoire*, comme devant faire disparaître *tout nuage sur la sincérité des intentions* des auteurs de l'Adresse. En demandant, dit M. Barnave, que l'Assemblée nationale ordonne *l'exécution provisoire* de ses instructions, *ils se montrent ennemis de tous les obstacles qui pourraient leur être opposés*… Mais quoi ! la France continentale est-elle donc vaincue dans ses colonies ? Est-elle réduite à capituler avec ses colons ?… Examinons encore.

Les Français de couleur sont tenus sous le joug par les colons blancs, rien n'est plus certain. Par la même politique qui soustrait à une juste punition leurs assassins, les meurtriers de leur défenseur, M. Ferrand de Baudière, l'insurrection des Français de couleur révoltés contre cette oppression abominable, contre la violation des décrets des 8 et 28 mars, cette *insurrection* reconnue légitime par la Déclaration des Droits, est punie par le fer des bourreaux… Mais qui donne aux colons blancs la force de commettre ces crimes ? Nos propres soldats séduits, et l'habitude de la crainte, qui n'a pas encore abandonné les hommes de couleur si longtemps avilis… Et comment a-t-on séduit nos soldats ? En les trompant, en leur persuadant qu'ils servaient les intentions de l'Assemblée nationale, contre les agents du pouvoir exécutif, chargés d'ordres cruels et despotiques. Il a fallu, pour que les grenadiers du régiment du Port-au-Prince devinssent les meurtriers de leur colonel, qu'on répandît dans ce régiment, à l'arrivée de ceux de Normandie et d'Artois, qu'un *décret de l'Assemblée nationale, du 17 décembre, avait cassé celui du 12 octobre, blâmé le régiment, et surtout M. Mauduit, pour avoir coopéré à la dissolution de l'Assemblée générale de Saint-Marc !*

En un mot, les soldats qui jouent maintenant un si grand rôle dans nos colonies, ont ignoré que M. de la Luzerne, dirigé par la Déclaration des Droits de l'Homme, chargea M. Peynier, à son départ d'ici pour remplacer M. du Chileau,* d'écrire une lettre circulaire à tous les commandants pour le roi, et des milices, *de traiter à l'avenir les hommes de couleur libres, propriétaires, etc. comme les Blancs* ; ils ont ignoré que, dans le but de s'opposer à ce résultat de la Révolution française, le plus exécrable machiavélisme s'était chargé de leur séduction, et avait manœuvré, au point que les officiers ont craint de suivre les instructions données à M. Peynier.

Que résulte-t-il de ces détails ? Que les soldats sont fidèles, mais égarés ; que par conséquent les colonies ne sont pas encore conquises par les colons blancs ; et que les vaisseaux, les troupes et les commissaires non encore arrivés, fussent-ils aussi circonvenus par les mêmes manœuvres employées auprès des régiments de Normandie et d'Artois, et des équipages des vaisseaux qui les ont transportés, il ne faudrait pas s'en effrayer ; puisque enfin il est aujourd'hui bien évident, qu'un peuple de Français fidèles, est sous l'oppression dans les colonies ; savoir, LES CITOYENS DE COULEUR ; et que d'autres Français FIDÈLES, servent, à leur insu, à maintenir cette oppression ; savoir, LES SOLDATS.

---

* C'est la découverte de ces ordres, c'est pour en détruire l'effet, que les planteurs blancs réunis à Paris, écrivirent cette funeste lettre du 12 août, qui a porté dans les îles tant de troubles et d'horreurs, et qui semble dictée par le dessein d'en accuser la Société des Amis des Noirs. *Attachons partout les hommes de couleur,* disait cette lettre. Mais comment ? On l'expliquait dans les lettres particulières. Et quand on lit dans la même lettre ces autres mots : *méfiez-vous des hommes de couleur qui vont vous arriver de France ;* n'était-ce pas dire : « tombez sur les hommes de couleur, effrayez-les par la mort, etc. Les faits n'ont que trop répondu à cette criminelle manœuvre ; et l'on comprend maintenant, et le *postscriptum* humain de M. Gérard, qui n'était pas dans le secret de la découverte des ordres donnés à M. Peynier, et les soupçons de révolte répandus centre les mulâtres, pour animer contre eux les Blancs de toute classe ; et les dénonciations contre le ministre et contre MM. Peynier gouverneur, et Marbois intendant, pour s'être conformés aux ordres du ministre. Ces ordres, conséquents à la Déclaration des Droits de l'Homme, n'ont été connus de la Société des Amis des Noirs que postérieurement à son Adresse.

Or, nous le demandons… Que peut-on craindre en persévérant dans des mesures fermes ? Dès qu'il n'y a que des erreurs à dissiper, pourquoi capitulerait-on avec les Américains composant la ci-devant Assemblée de Saint-Marc ? Ils se disent américains ? Mais sont-ils français, oui, ou non ? S'ils sont français, pourquoi menacent-ils de ne recevoir les instructions de l'Assemblée nationale que comme loi provisoire ? Serait-ce aussi le vœu de ces autres Français plus nombreux encore, dont la couleur basanée semble inspirer du dédain au comité colonial ?* Non ; et d'autant moins, que le traité entre les ci-devant membres de l'Assemblée de Saint-Marc, porte manifestement le caractère d'une capitulation faite aux dépens des Français de couleur. La preuve en est facile.

Ce traité, c'est-à-dire le décret, en seize articles, proposé par le comité colonial, assisté des comités de marine, de commerce et d'agriculture, est entièrement dirigé contre eux. Il les met à la discrétion des Blancs. *Aucune loi*, porte l'article premier, *sur l'état des personnes, ne pourra être faite par le corps législatif pour les colonies, que sur la demande précise et formelle des assemblées coloniales ;* et cet article est déclaré constitutionnel !

---

* On les a écartés de l'Assemblée nationale, non seulement comme députés, mais comme simples citoyens qui demandent d'être entendus à la barre. On les a toujours renvoyés au comité colonial, qui, à leur égard, est tout à la fois juge et partie ; et l'on finit par infirmer leurs titres ; comme si l'existence des hommes de couleur était une chose douteuse, comme si, dès qu'ils existent, ils n'avaient pas les droits de l'homme ; comme si, dans l'Empire français, ils pouvaient être rejetés avec justice hors de la classe des citoyens.

Il y a plus, le rapporteur des comités qu'on a réunis contre les Français de couleur, annonce qu'ils *ont examiné avec la plus sérieuse, la plus scrupuleuse attention, les diverses pétitions des hommes de couleur ; les diverses adresses des sociétés des amis de la Constitution, et tous les mémoires des villes de commerce sur ce même sujet ;* et ils ne font aucune mention de l'adresse de la Société des Amis des Noirs à l'Assemblée nationale, laquelle leur a été envoyée officiellement par le président. Cette pièce, qui traite à fond *le même sujet* considéré sous tous les rapports, ne méritent-elle aucun examen de la part de comités chargés d'une affaire aussi importante ? Comment le mémoire le plus étendu, le plus complet, le plus raisonné de tous ceux qui ont été remis aux comités, est-il précisément celui donc le rapporteur affecte de ne pas faire mention ?

Le rapporteur avance que la mesure proposée par les comités est provoquée *par le vœu du commerce, exprimé principalement par les députés extraordinaires des manufactures et du commerce, par les villes de Nantes, du Havre, Dunkerque, Rouen, Dinan, et par une infinité d'adresses et de pétitions.* Mais outre qu'on pourrait en dire autant d'un vœu contraire, et citer des villes non moins importantes, les comités ont-ils examiné les mensonges sans nombre par lesquels de soi-disant députés du nord et de l'ouest de Saint-Domingue, ont cherché à en imposer au commerce et aux manufactures ?

Les assemblées coloniales uniquement composées de Blancs, d'hommes injustes envers leurs frères de couleur, seraient donc souveraines sur l'état des personnes ! À moins que, s'obstinant de leur côté à proposer, et de celui de la métropole à rejeter la proposition, l'état des personnes restât, dans les colonies, sous la loi du plus fort, c'est-à-dire, INDÉCIS.

De bonne foi, serait-ce là une loi politique, une loi de paix, serait-ce même une loi ? Mais, surtout, en quoi serait-elle provisoire ? Qu'est-ce que la provision d'une loi pareille ? Peut-on tirer quelque avantage momentané de ce qui ne présente que contradiction, soit qu'on en cherche l'esprit, soit qu'on s'attache à la lettre ?

Mais quoi ! une Assemblée revêtue du pouvoir suprême sur *tous les membres de* l'Empire, une Assemblée qui a reconnu les Droits de l'Homme, peut-elle rester indécise sur *l'état des membres* de ce même Empire ? Peut-elle, sur la manière de lever cette indécision, se mettre sous la dépendance d'un autre pouvoir que le sien ?

Les comités supposent donc que l'Assemblée nationale, doute encore si les Français mulâtres sont des hommes ! Mais alors est-ce des colons blancs qu'elle doit attendre la vérité ? Ils pourront résoudre dans le congrès scandaleux, dont on veut faire dépendre le sort des citoyens de couleur, qu'ils sont une espèce mixte entre l'homme et la brute ; et l'Assemblée nationale ne pourra pas rejeter cette injurieuse distinction ! Car encore une fois ; telle est la nature de *l'initiative* réclamée par le comité colonial, en faveur des Blancs, que la volonté de ceux-ci peut se fixer à cette alternative : ou que l'Assemblée décrète la loi comme ils la demanderont, ou qu'elle n'en fasse aucune.

Sans doute on croit rêver lorsque l'on entend proposer des absurdités pareilles, lorsque l'on rapproche le premier article du décret, de l'unité d'Empire, de pouvoir législatif, de pouvoir exécutif, et de droits qui constituent notre système social ; tant il est difficile de croire qu'on ait osé tenter de se jouer à ce point de tous les principes… Mais le comité colonial ayant déjà entraîné l'Assemblée nationale à décréter sur les colonies, sans discussion, et sur la foi d'une loi dont il ne craint pas aujourd'hui de nier le véritable sens ; on comprend comment il ose tenter encore le même succès ; comment il ne craint pas de proposer maintenant une pareille violation des principes, sans même en voiler l'extravagance ; car dans l'article XIV du projet, il propose à l'Assemblée, de décréter *que l'état des hommes de couleur et des nègres libres, ayant été réglé définitivement, sur la proposition du comité de Saint-Martin, le premier article du décret soit pleinement exécuté, et que les législatures suivantes ne puissent pas provoquer une nouvelle proposition des colonies, relativement à l'état des personnes quelconques.*

Ainsi ces despotes de nos colonies, ennemis des droits de l'homme, veulent que, par le plus inconcevable égarement, l'Assemblée nationale se lie les mains sur le sort actuel d'une nombreuse population abandonnée à ses tyrans ; ils veulent mettre les colonies sous le joug insensé et cruel de la cupidité et de l'orgueil ; ils veulent condamner les représentants de la nation française à ne pouvoir jamais que gémir sur toutes les atrocités nécessairement résultantes de ce système de rébellion. C'est pour enchaîner le pouvoir législatif de l'Empire français, que les comités lui proposent le congrès le plus récusable ; celui d'une classe d'hommes incapables, par habitude et par excès de corruption, de concevoir la justice. Car jusqu'à présent, et les Français de couleur et les nègres libres, dont le rapporteur des comités espère que les Blancs amélioreront le sort, n'ont été que des victimes constamment privées de la protection des lois.

Ah, sans doute, de tels décrets avaient besoin d'être ravis à l'Assemblée nationale. La réflexion est leur tombeau ; et voilà pourquoi le rapporteur du comité et les députés qui l'ont appuyé, ont tenté jusqu'à des menaces inexplicables, jusqu'à des allégations inintelligibles, pour arracher du silence de l'Assemblée, ce qu'ils ne peuvent pas espérer de sa raison. Est-il possible de présenter à l'univers entier un spectacle plus révoltant ? Est-ce à la face des nations, qu'on ose proposer à une assemblée législative, de faire sans réflexion, les lois les plus importantes pour un million d'hommes, et de s'appuyer sur une prétendue promesse, qui en la supposant aussi vraie qu'elle est fausse, serait elle-même une surprise faite à l'Assemblée, de la même manière qu'on a voulu aujourd'hui surprendre le décret de leur indépendance ?

Le non-succès de cette tentative nous remplit d'espérances. L'acharnement des colons pour la faire réussir, pour écarter toute discussion prouve qu'ils ont senti leur faiblesse. L'Assemblée nationale s'affermira sur les principes ; les derniers événements lui ont prouvé qu'il n'était qu'un moyen de salut pour les colonies : celui d'y mettre en vigueur les Droits de l'Homme et du Citoyen. Le sang versé les réclame ; la conduite des soldats trompés appelle à la garde des colonies et au maintien de l'ordre, des citoyens soldats, des natifs, des hommes qui ne puissent protéger la chose publique, sans protéger en même temps, les uns leur propriété, les autres leur industrie, et tous leurs femmes, leurs enfants et leurs parents.

C'est sous la sauvegarde de ces Créoles, dont l'intelligence accompagnera la fidélité, et qu'il faut craindre d'avilir, que les colons blancs verront se calmer toutes leurs inquiétudes ; que le commerce prendra le plus grand essor ; et que se mûriront et s'exécuteront avec sagesse, les projets que l'humanité et l'intérêt réclament en faveur des esclaves, dont le recrutement par la traite, s'achemine nécessairement à sa fin.

Signé, CLAVIÈRE, Président par *intérim*.

BRISSOT, Secrétaire.

Bibliographie

Antoine, Régis, *Les Écrivains français et les Antilles* (Paris: Maisonneuve et Larose, 1978).

Burton, Richard, *Le Roman marron : études sur la littérature martiniquaise contemporaine* (Paris, Montréal: L'Harmattan, 1997).

Didier, Béatrice, *Écrire la Révolution, 1789–1799* (Paris: Presses universitaires de France, 1989).

Gallouët, Catherine, David Diop, Michèle Bocquillon, and Gérard Lahouati (eds.), *L'Afrique du siècle des Lumières : savoirs et représentations* (Oxford: Voltaire Foundation, 2009).

Hoffmann, Léon-François, *Le Nègre romantique* (Paris: Payot, 1973).

Noël, Érick, *Être noir en France au XVIIIe siècle* (Paris: Tallandier, 2006).

Piquet, Jean-Daniel, *L'Émancipation des Noirs dans la révolution française : 1789–1795* (Paris: Karthala, 2002).

Pluchon, Pierre, *Nègres et juifs au XVIIIe siècle : le racisme au siècle des lumières* (Paris: Tallandier, 1984).

Rochmann, Marie-Christine, *L'Esclave fugitif dans la littérature antillaise* (Paris: Karthala, 2000).

MHRA Critical Texts

This series aims to provide affordable critical editions of lesser-known literary texts that are not in print or are difficult to obtain. The texts will be taken from the following languages: English, French, German, Italian, Portuguese, Russian, and Spanish. Titles will be selected by members of the distinguished Editorial Board and edited by leading academics. The aim is to produce scholarly editions rather than teaching texts, but the potential for crossover to undergraduate reading lists is recognized. The books will appeal both to academic libraries and individual scholars.

Malcolm Cook
Chairman, Editorial Board

Editorial Board

Published titles

1. *Odilon Redon, 'Écrits'* (edited by Claire Moran, 2005)

2. *Les Paraboles Maistre Alain en Françoys* (edited by Tony Hunt, 2005)

3. *Letzte Chancen: Vier Einakter von Marie von Ebner-Eschenbach* (edited by Susanne Kord, 2005)

4. *Macht des Weibes: Zwei historische Tragödien von Marie von Ebner-Eschenbach* (edited by Susanne Kord, 2005)

5. *A Critical Edition of 'La tribu indienne; ou, Édouard et Stellina' by Lucien Bonaparte* (edited by Cecilia Feilla, 2006)

6. *Dante Alighieri, 'Four Political Letters'* (translated and with a commentary by Claire E. Honess, 2007)

7. *'La Disme de Penitanche' by Jehan de Journi* (edited by Glynn Hesketh, 2006)

8. *'François II, roi de France' by Charles-Jean-François Hénault* (edited by Thomas Wynn, 2006)

9. *Istoire de la Chastelaine du Vergier et de Tristan le Chevalier* (edited by Jean-François Kosta-Théfaine, 2009)

10. *La Peyrouse dans l'Isle de Tahiti, ou le Danger des Présomptions: drame politique* (edited by John Dunmore, 2006)

11. *Casimir Britannicus. English Translations, Paraphrases, and Emulations of the Poetry of Maciej Kazimierz Sarbiewski* (edited by Krzysztof Fordoński and Piotr Urbański, 2008)

12. *'La Devineresse ou les faux enchantements' by Jean Donneau de Visé and Thomas Corneille* (edited by Julia Prest, 2007)

13. *'Phosphorus Hollunder' und 'Der Posten der Frau' von Louise von François* (edited by Barbara Burns, 2008)

14. *Le Gouvernement present, ou éloge de son Eminence, satyre ou la Miliade* (edited by Paul Scott, 2010)

15. *Ovide du remede d'amours* (edited by Tony Hunt, 2008)

16. *Angelo Beolco (il Ruzante), 'La prima oratione'* (edited by Linda L. Carroll, 2009)

17. *Richard Robinson, 'The Rewarde of Wickednesse'* (edited by Allyna E. Ward, 2009)

18. *Henry Crabb Robinson, 'Essays on Kant, Schelling, and German Aesthetics'* (edited by James Vigus, 2010)

20. *Evariste-Désiré de Parny, 'Le Paradis perdu'* (edited by Ritchie Robertson and Catriona Seth, 2009)

21. *Stéphanie de Genlis, 'Histoire de la duchesse de C***'* (edited by Mary S. Trouille, 2010)

22. Louis-Charles Fougeret de Monbron, *Le Cosmopolite, ou le citoyen du monde (1750)* (edited by Édouard Langille, 2010)

24. Narcisse Berchère, *Le Désert de Suez: cinq mois dans l'Isthme* (edited by Barbara Wright, 2010)

25. *Casimir Britannicus. English Translations, Paraphrases, and Emulations of the Poetry of Maciej Kazimierz Sarbiewski. Revised and expanded edition* (edited by Piotr Urbański and Krzysztof Fordoński, 2010)

27. *Aza ou le Nègre* (edited by Loïc Thommeret, 2010)

Forthcoming titles

19. *A Sixteenth-Century Arthurian Romance: 'L'Hystoire de Giglan filz de messire Gauvain qui fut roy de Galles. Et de Geoffroi de Maience son compaignon'* (edited by Caroline A. Jewers)

For details of how to order please visit our website at:
www.criticaltexts.mhra.org.uk

www.ingramcontent.com/pod-product-compliance
Lightning Source LLC
Chambersburg PA
CBHW072357030726
47505CB00014B/1870

* 9 7 8 1 9 0 7 3 2 2 1 5 0 *